肖克凡作品

妈妈不告诉我

妈妈不告诉我

肖克凡作品

作家出版社

目录

序言：把小说还给小说

——我读肖克凡

陈世旭

题记:不久前,邂逅评论家张陵,谈起近期阅读几篇名家小说的心得,张陵告曰:你读的几位,皆可谓"作家中的作家"。我眼睛一亮。因以《作家中的作家》为总题成文数则。此是其中之一。至于"作家中的作家",张陵的解释是"教作家写作的作家";我的解释是"凡是我想学而学不了的作家。"

自上世纪七十年代末开始写作,究竟什么是小说,一直是困扰我的问题。呻吟,控诉,呼唤,高歌,思考,探究,梦幻,窥视,宣泄,暴露,试验,变异……一个接一个的文学潮流,其来势滔滔。小说像戏剧演员，浓妆艳抹，遍身披挂，扮演着各种角色，演员本人却不复辨认了。一个念完初中就在农场乡镇盘桓近二十年的青涩的文学梦想者，突然卷进激流，晕头转向。

什么是小说？为了多少给自己一点信心，千辛万苦去找小说的来历。翻到《汉书·艺文志》。原来先秦诸子百家就有"小说家"，是稗子般的小官，收集街谈巷语、道听途说造故事。圣人看做"小道"，君子不为，世人不重。但因为多少能反映下层民情四方风俗，还有点看头，得以持续。

显然，中国小说的出身并不怎样高贵。之后很长时间都不是什么正经事业。小说地位忽然提高，是近代的事。晚清梁启超提出小说界革命，使小说在文坛上开始占据重要地位。真正的革命性推动是"五四"新文化运动带来的现代意义的新小说。在改开时期的文学中，其影响得到极大高扬。东西方文化的撞击、激荡、交流和融汇，极大地拓宽了艺术思维的空间。然而，随着小说形式发展走向极端，新时期文学陷入了寻找和确定自己发展新起点所必然出现的困惑。有人悲观地把这种状况称作"几近式微"。

于是,传统叙事在现代语境中进入新的轮回成为必然。越来越多的作家开始将小说还给小说。

肖克凡便是其中的佼佼者。

作为天津实力派作家,肖克凡写了多部长篇,数十部中篇,百余部短篇,其中不止一部被搬上舞台、银幕,多次获多种全国期刊奖、文艺奖。但所有这些肯定似乎都没有充分反映他的艺术成就。评论家张陵指出:"肖克凡是一个被严重低估的作家……电影《山楂树之恋》……对他来说,其实是一部电影剧本作品。他最有价值的作品是长篇小说《机器》。但这部当时中国最优秀的作品,产生在评论界最无知无能的时代。对中国当代小说第一次出现的人物形象的划时代价值,居然形同无视,任其自生自灭。少数论者对这部作品的确认也未能得到共识。直到现在,《机器》这部长篇小说提供的工业文学人物形象还没有被超越,仍然像教科书一样放在那里。"

全面解读肖克凡,是我的能力难以胜任的工程。我唯一能做的是从我接触过的文本,试图窥其一豹。

我看得最清楚的是两个字:传统。

"传统并不意味着活着的死亡，而意味着死去了的还活着。"

哈罗德·麦克米伦这个鲜明文化保守的表述，仿佛是对肖克凡小说的一个特别认可。在我看来，最深的道理都是最浅近的；最美的物事都是最简洁的；最大的底气都是最平和的。好的小说，首先就是好的人物，好的故事，好的语言。这里的"好"，指艺术。

肖克凡的小说，可谓此"三好"小说。

"我挎起紫竹提盒跑出家门，身后追来祖母的声音："别颠！洒啦。"

沿着东兴大街，我跑过什锦斋饭庄，跑过华明理发馆，跑过白傻子布铺，一直跑向著名的"三不管"。"

发表在《收获》杂志的短篇小说《紫竹提盒》就这样把我们带进作家的童年记忆，带进记忆中天津的大杂院，带到一个倾心向往、理解和追求美的旧时平民老人面前。

小说中奶奶的人生包含了两个民间社会：梨园与市井。那只精美的紫竹提盒，是一个生动的文学符号，其中贮满任何时代都不会缺乏的冷暖悲欢。时过境迁，仍然激起我们长久的怀想。淋漓尽致地表现民间世界的人性温暖和美好,是肖克凡小说最动人处。

回忆则是肖克凡小说取材的一个来源。他记忆的禀赋令人惊叹。他能记得起他这辈子看过、听过、经历过的任何大小事件的几乎所有细节。他自豪于这种个人化记忆,认为这是他的小说唯一值得说道的东西。

然而,果真仅止于此,那么肖克凡就会是一个像我这样只能乞助生活原型的平庸写作者。事实上他同时又说过,他小说里所谓出自个人化记忆的故事,许多在记忆之中并不存在。

看似自相矛盾,其实不然。从最初的仅仅依赖个人切身经历的基本材料,到随着艺术素养和文化素养的提高,逐渐把有据可查的史料、民间流传的野史、俗谚、歌谣……所有这些早就哺育着他的艺术才华的千百年形成的群体记忆,作为小说创作的原料,证明了他在小说创作上的个体化的成熟。

无论是"个人化记忆",还是"千百年形成的群体记忆",这种对"记忆"的执着,表现出作家对真实的恪守。而正是这种恪守,造就了他的小说人物的立体感，可以呼之欲出，可以听到呼吸和血脉的流动，是有着独立品格的文学生命，而不是从属于某种使命的工具。

肖克凡小说的"个人化记忆"特性，带来了他写作的"非功利性"。在他看来，小说从来不是简单地"说明"什么或者表现什么确定的主题。所谓小说的文化内涵，不过是作品自然生成的意义。他的小说不管是以哪个具体时代为背景，都不以所谓正统姿态发言，既不想为历史证明什么或者否定什么，也不想代表哪个时代去批判什么或者颂扬什么。他只是恪守于自己的个人化体验，努力经由一个又一个活生生的文学形象，为人们展示一种尽可能真实的社会存在和人生图景。

这种"非功利性"在某种程度上给人造成了游离主流文化形态和中心话语体系的印象，却逼近了小说的本质，同时也就在真正意义上逼近了历史与现实的真实。

作为生于天津的作家，肖克凡对"津文化"的理解和表达，同样避开了那种极力与主流叙述协调的文化立场，而是揭开常规社会理性掩盖下的虚伪，在清晰地描绘天津底层平民生存画卷的同时，更深刻地剖析其生存方式的世俗性样貌，最真实地展示其生存状态和心理状态，既呈现出他对历史的独到概括，丰富了小说的文化内涵和历史内涵，也使小说人物形象饱满，丰神独具。

肖克凡的小说手法圆熟，调度若定，现实和象征叠加，形下和形上兼顾，情节结构精巧有致，细节刻画纤毫毕现，留白则给读者以想象空间，较少直接作哲理阐发，以情节的提纯与起伏跌宕，使平民传奇有了浓厚的艺术色泽。

"我们顺利通过安全检查。妈妈特别佩服外祖母临场哈哈大笑，说您不愧见过大世面的人。

……

我成了重要人物只好落座，怀里紧紧抱着小包裹。火车呜呜拉响汽笛，开往唐山方向。"

这篇发表在《当代》杂志的短篇小说《特殊任务》，从一个平常得不能再平常的生活场景开始，把读者引进一种精心营造的神秘氛围，一个步步惊心让人提心吊胆的曲折故事。

肖克凡的小说多是平民传奇，他们的生命活力以极其本真的面目赤裸裸地袒露着。或自嘲地笑面生活，或沉默着忍耐生活，看透虚假和艰难，仍不失善意，依靠着人性中原始的坚韧，顽强而乐观地演绎一场场带泪的喜剧，获得艺术的升华。他善于设置悬念，用一个个紧揪人心的疑团，推动情节发展。叙述中他又善于隐藏自己，不露斧凿痕迹。读完全篇，才会发现，几乎每个情节都是下一个情节的伏笔。初读时隐约的触动，豁然明亮。他似乎在与读者较量智力。读他的小说，感觉是看一场精彩的演出，处处是聪慧机智的灵光。在引人入胜的世俗故事后面，是对生存环境的犀利体察，对生活真相的沉重叩问，对社会历史的冷峻思索。在家长里短中穿越沧桑世事，在市井烟火中透露哲理思考，在日常叙事中呈现历史变迁，显示出提炼生活素材和驾驭宏大叙事紧密结合的非凡才能。

读肖克凡的小说，我知道了自己距离真正的小说艺术有多么远。肖克凡小说语言明显打上仅仅属于他的艺术烙印。天津人特有的语言优势与他个人出色的幽默感相得益彰。

车钳铣，没法比；电气焊，凑合干；要翻砂，就回家。王八瞪蛋是冲工，大锤震耳是铆工，溜溜达达是电工,轻轻松松是化验工。

这些来自产业工人的语言火花,让现代工业的钢铁棱角顿时变得柔和,也给肖克凡的小说增添了强烈的个性色彩。肖克凡的小说语言主要采用天津方言,"津味"盎然。独特的民间俚语作为叙述的最基本话语构成,极为生动地反映出地域的世风民情,"津文化"由此深蕴其中。

肖克凡不是有城府的人。他思维敏捷,多才多艺,伶牙俐齿,妙语连珠。争辩起来,言辞锋利,无可招架。也许正因此,他小说的文字反而力求平淡和隽永。不过在风平浪静、清爽利落的文字下面,却是强烈的情感冲动,以及语言本身的张力。

肖克凡对语言有着高度的颖悟,相信语言是对生活本质的还原。与口头表达的娱乐性不同,他的小说语言力求过滤掉一切杂芜——种种流行的妆饰或是虚张声势的泡沫,最大限度地洗练至透明、近乎冷硬的境地。有时候为了暗示时代对人的价值和主体性的影响,干脆对人物外在形象不置过多刻画。

肖克凡的小说追求高远,功力甚深。但传统的叙事显然背离了标新立异的时尚，在一个出现跟风的浮华时世，他的小说难以产生轰动效应。作为一个职业作家，他保持着冷眼旁观的坚执，并不因此沮丧。他相信艺术是一种精神上的自我救赎，仅仅是真正发自内心的语言汩汩流动的韵律，就是对心灵的莫大抚慰。他说他的写作基本上处于"无目的"状态："写作是一种自律，同时又是一种自由。"这样的写作状态，使他的写作优游裕如，举重若轻。

最近读到他发表在《人民文学》杂志的中篇新作《妈妈不告诉我》，集中体现出了他的小说的特点和追求。这部中篇小说以儿子"我"叙述母亲的人生经历，无疑属于表现革命烈士的红色题材作品，然而却以新中国天津市民家庭日常生活为场景，采用构思新颖的现实与历史相互交叉的结构方法，有机地融合"我"自身的成长道路，塑造出当代文学史上比较少见的母亲形象，尤其在特定时代遭遇的命运令人唏嘘。这篇小说中的"我妈妈"没有告诉"我"为革命理想而献身的地下工作者的故事，它通过旁人的视角叙述，反而愈发强烈地令人感受到田文佐与小树叶那样的革命者，舍身成仁的崇高精神与高尚人格。多年后"我妈妈"为把田文佐的儿子还原为革命烈士遗孤,不惜自毁名节向组织交代"历史问题",以此提供世间仅存的孤证,意外导致和丈夫的婚姻关系破裂。这就使得这部小说越过私人生活空间,在礼赞文学人物的同时,更为革命者的精神风骨再添庄严。这部小说里的所谓个体回忆,都成为现实与历史的文学结晶。

我可以说《妈妈不告诉我》这部小说,是描写我党地下工作者的极具新意的作品,有评论者认为,这是肖克凡涉足此类题材的标志性小说,具有明显的个性符码意义。

想起罗丹说:艺术家这个词的最广泛含义,是指那些对自己的职业感到愉快的人(《艺术论》)。肖克凡就是这样一个人。

回到《汉书·艺文志》的"小说家者流",圣人即使不以为然,也不能不承认"虽小道必有可观"。尽管一度冠冕堂皇的"时代书记官"、"民众代言人"、"灵魂工程师"云云显然名不符实,但是,客观上,千百年来经历了种种变异的小说有一点始终未变,即小说是一种揭示：人世间的真、善、美，尽在其中，假、恶、丑无可遁形；是一种评判：任随遮掩、涂改、歪曲、矢口否认、蓄意抹杀，公道自在人心。是非功过，水落石出；是一种良知：无论怎样光怪陆离的表象下面，永远有一颗为最多人认可的坚固的价值内核。是苦海沉浮的罗盘，是世道人心的晴雨计，是民间的旌表，是历史的耻辱柱。

从这个意义上说，只要保有基本的自尊和起码的人格，"小说家者流"在社会中虽然是一个边缘人群，但决不是一个卑微人群。这就是肖克凡"把小说还给小说"的意义所在。

2021. 9. 16岭南

妈妈不告诉我

1

我八岁那年，冬景天清早睁眼醒来发现我家里间屋睡着个人。我爸我妈不在家，里间屋那张双人床空着。这人铺着褥子盖着被子，蒙头遮脑睡在地板上。这令小毛孩子惊奇不已，"姥姥，这人谁呀？"我小声问外祖母。

她老人家不动声色说："你二姨啊！她半夜坐火车从滦城老家来的。"

我没见过二姨，于是愈发好奇，问外祖母怎么二姨睡地板呢。"她嫌床垫太软，睡着腰疼！"外祖母好像没好气。

二姨终于睡醒了，身穿蓝底白花小夹袄，翻身爬起到了梳妆台前，抡起胳膊披上紫缎小棉袄，叉开五个手指梳理漆黑的短发。

这是我妈妈的梳妆台，平时很少看到妈妈梳妆。梳妆台成了我写作业的桌子。

"小黑眼儿！你睡的是猪圈还是狗窝？"外祖母扬起"国字脸"命令她女儿拾掇被褥。

二姨不慌不忙说："您容我先把自己拾掇利索了。"

我听到二姨乳名叫"小黑眼儿"。她三十多岁年纪，一双大眼睛睫毛又黑又长，眨动起来特别好看。我从梳妆台镜子里看到她的鸭蛋脸儿，怯怯地叫了声"二姨"。

她显然知道我是谁，笑着露出两颗小虎牙说："二姨好看吧？我比你妈妈大四岁呢！"

我不知说什么好。她再次露出小虎牙说："没良心！你落生时我还抱过你呢。"说着拧开雪花膏瓶盖，把镜子里的自己抹成大白脸。

我忍不住说："我妈每次不搽这么多雪花膏。"

"你妈想不开！一瓶雪花膏想用一辈子。"她捋了捋粉嫩的鼻梁，还是不去收拾满地被褥，好像要摆摊卖东西似的。

"你这好吃懒做的毛病啥时候能改呢！"外祖母撇了撇嘴，扭身去厨房操持早饭。二姨遭受批评并不恼羞，反而嘻嘻笑了。我看出她跟我妈妈性格不同，我妈妈常年笑容偏少，就跟沙漠缺雨似的，保持班主任表情。二姨好比纪律散漫的差生，而且不怕蹲班留级。

二姨扭脸冲着厨房大声说："妈！我在家天天吃棒子面，你给我烙两张白面饼吧。"

大城市居民粮食定量供应，粗粮多，细粮少。我家白面由外祖母积攒起来，预备全家改善伙食包饺子。二姨来了非要吃白面饼不可，这对未来的饺子是个威胁。

二姨总算收拾被褥了，然后哼着"巧儿我自幼儿许配赵家"，一串小碎步跑进厨房。她不高不矮不胖不瘦的身材，就跟评戏里刘巧儿差不多。进了厨房她从铁铛里揪了块白面饼，飞快地塞进嘴里咀嚼起来。

外祖母登时急了："这饼还没烙熟呢，小黑眼儿！"她老人家习惯叫二姨乳名，好像永远停留在过去的时光里。

"嘻嘻，这饼吃进肚里就熟了。"二姨摇头晃脑返回梳妆台前，欣赏着自己容貌说，"咱家凑不齐人手，啥时候能开桌打牌呀。"

外祖母端来盛了两张热饼的小竹筐，凑到梳妆镜前压低嗓音说："小黑眼儿你给我听着！政府提倡移风易俗，派下街道干部四处宣讲，在自家屋里打麻将也不允许！"

"咱们打素牌不赌钱，这不叫旧社会习气。"二姨通过镜子判断小竹筐位置，不扭头就伸手抓到热饼，不怕烫手撕开就吃。我没见过动作如此敏捷的人物，有点儿崇拜她了。

外祖母假装生气说："你隔三差五跑来，不交粮票不交钱，一进门张嘴就吃！一个大活人让我们供养你啊。"

二姨表情严肃起来："一家人不说两家话，想当年我还供养咱们全家哪。"

"二姨，您说供养全家包括我妈妈吧?"我很好奇。

二姨突然意识到我的存在："当然啦，你妈妈从滦城老家来到天津念书，就是我出的学费！那时候二姨可有钱呢。"

外祖母笑了："我说小黑眼儿，你记得这么清楚去当账房先生吧。"

"我啥时候跟家里计较过？您又不是我后妈。"二姨眨动着又黑又长的眼睫毛，显得更好看了。

外祖母叹气说自己从年轻就守寡，好不容易熬到今天。二姨抱怨说："我大姐出阁半年就病死了，您非逼着我做填房，田文佐从我姐夫变成我丈夫，也没过几年好日子。"

"你倒添了不少坏毛病，下饭馆泡戏园，抽烟喝酒打麻将，不知道油盐柴米贵……"外祖母感慨地说，"人生在世有享不着的福，没有受不了的罪，这是命啊。"

"我现今知道油盐柴米贵啦！可是瓶子里没油，罐子里没盐，院子里没柴火，瓮子里没米……"二姨竭力给自己辩理说，"就怪您让我给田文佐做填房，我要是嫁个庄稼汉，也不会后来成了寡妇。"

外祖母沉吟说："你毕竟过了几年好日子，田文佐还专门雇了丫头伺候你呢。"

"对，那丫头名叫小树叶儿！"二姨回忆往事说，"惠生小时候淘气，好几次尿湿小树叶儿的花布衣衫，人家丫头脾气特别好。"

"后来小树叶儿没了音讯……"外祖母说。

二姨不以为意地说:"她模样俊脾气好,年纪轻轻让当官的娶去做小,给人家生儿养女,等大老婆死了就扶正呗。"

外祖母跟二姨对话,我听不懂,却记住"出阁""填房""丫头"这样的词语,还有田文佐的名字。

外祖母说得没错,二姨住下来便成了吃咸不管酸的人物,还催促外祖母改善伙食。大城市居民猪肉凭票供应,家家不够吃。外祖母只好用小虾皮配韭菜做馅,给二姨包素馅饺子吃。二姨吃过晚饭跑去南市娱乐,不是到黄河戏院看评戏,就是去共和戏院听梆子。她不改老称呼把评戏叫"落子",还抱怨听不到"梆黄两下锅"了。

外祖母告诉我,二姨的独生儿子名叫惠生,是个半大小子不算整劳力,庄户人家日子不好过。二姨来到天津就说大城市是天堂,我听了挺得意的,庆幸自己没有生在农村。

二姨该吃的吃了该玩儿的玩儿了,毫不犹豫送给我两块水果糖。我说您不富裕就别给我花钱了。二姨夸奖是穿上旗袍就跟电影里国民党官太太似的。"

"为嘛要穿上旗袍呢?"我拨开刘乙己白净细腻的手,问他说的哪部电影。他一时想不起。我说学校包场看了《林海雪原》,那里只有女土匪没有国民党官太太。

刘乙己是个"书虫子",没事儿就去天祥商场二楼淘旧书,格外关心从前的事情,好像对眼下不感兴趣。这个书虫子让我懂得:从前的事情就叫历史,眼前的事情叫现实。

星期六傍晚时分,我妈妈从南郊农场回家来了。她以前是中学教师,去年下放农场劳动,只有星期天公休在家。就这样我有了"星期天妈妈",不知什么原因,妈妈星期天在家我也觉得她在远处。记得刘乙己跟我说过,历史既是从前的事情也是远处的事情。我听了就有小孩儿迷路的感觉,心里有些害怕历史。

我爸是市政工程局技术员,清瘦面孔,戴着宽框近视眼镜,恰恰遮挡了浓密的"连心眉"。他经常外出勘查道路桥梁,我有"星期天妈妈",还有"不定期爸爸"。总之不像一加一等于二那样有准头。

星期六傍晚,可巧爸爸也回家来了。吃过晚饭我悄悄溜进里间屋问道："妈妈，我有好几个生词不明白，但不是学校课堂讲的……"

我妈妈整理衣柜寻找换季衣裳，没有回头轻声说："课外知识，问你爸！"

我爸爸悠悠点燃手里香烟："课外知识？你问吧。"

其实我爸我妈都是少言寡语的人，没事儿不说话，有事儿说话也很简练，就跟去邮局打电报似的，能省字儿就省字儿，绝不多言。这样家里挺安静的，显得我成了话痨。

我小心问道："什么叫'填房'？'梆黄两下锅'是什么意思？还有刘乙己说电影里国民党官太太……"

"这么说你二姨又来啦？"妈妈突然打断我的提问。

我意识到露了破绽，只得出卖外祖母说："可是我姥姥不让我告诉您。"

"你怎么也没有告诉我？"妈妈目光转向爸爸，声调不高问道。

爸爸语气温和地解释："领导派我去耳闸工地测绘，这几天没住家里。"

妈妈听了思索着，起身走到我面前："你大姨去世很早，你姥姥让你二姨嫁过去顶替你大姨的位置，这就叫填房。"

妈妈主动给我讲解生词，这令我惊讶，她好像重新成为中学班主任了。

爸爸受到妈妈感染，说话也多了："刘乙己看书很广很杂，说话喜欢打比方，可是未必准确。我们是社会主义新中国，哪里还有什么国民党官太太。"

"刘乙己喜欢钻故纸堆儿，积累陈旧知识，没有多少实际用处的。"妈妈眉头微皱，我听出这是提醒我呢。

我嗯嗯应声，心里对刘乙己萌生更大兴趣，我想知道他为何喜欢钻研陈旧知识。

第二天走出小院，我又遇见刘乙己，他快速眨动小眼睛说："我去文庙书市淘到不少资料，非常珍贵！"说着从胳肢窝下搜出两册纸页泛黄的书籍，在我面前晃了晃。

"滦城文史资料选编……"我盯着糙纸封面念出书名。

他满脸得意表情："还有这本呢！《河北省工商史料汇编》。"

当账房先生吧。"

"我啥时候跟家里计较过？您又不是我后妈。"二姨眨动着又黑又长的眼睫毛，显得更好看了。

外祖母叹气说自己从年轻就守寡，好不容易熬到今天。二姨抱怨说："我大姐出阁半年就病死了，您非逼着我做填房，田文佐从我姐夫变成我丈夫，也没过几年好日子。"

"你倒添了不少坏毛病，下饭馆泡戏园，抽烟喝酒打麻将，不知道油盐柴米贵……"外祖母感慨地说，"人生在世有享不着的福，没有受不了的罪，这是命啊。"

"我现今知道油盐柴米贵啦！可是瓶子里没油，罐子里没盐，院子里没柴火，瓮子里没米……"二姨竭力给自己辩理说，"就怪您让我给田文佐做填房，我要是嫁个庄稼汉，也不会后来成了寡妇。"

外祖母沉吟说："你毕竟过了几年好日子，田文佐还专门雇了丫头伺候你呢。"

"对，那丫头名叫小树叶儿！"二姨回忆往事说，"惠生小时候淘气，好几次尿湿小树叶儿的花布衣衫，人家丫头脾气特别好。"

"后来小树叶儿没了音讯……"外祖母说。

二姨不以为意地说："她模样俊脾气好，年纪轻轻让当官的娶去做小，给人家生儿养女，等大老婆死了就扶正呗。"

外祖母跟二姨对话，我听不懂，却记住"出阁""填房""丫头"这样的词语，还有田文佐的名字。

外祖母说得没错，二姨住下来便成了吃咸不管酸的人物，还催促外祖母改善伙食。大城市居民猪肉凭票供应，家家不够吃。外祖母只好用小虾皮配韭菜做馅，给二姨包素馅饺子吃。二姨吃过晚饭跑去南市娱乐，不是到黄河戏院看评戏，就是去共和戏院听梆子。她不改老称呼把评戏叫"落子"，还抱怨听不到"梆黄两下锅"了。

外祖母告诉我，二姨的独生儿子名叫惠生，是个半大小子不算整劳力，庄户人家日子不好过。二姨来到天津就说大城市是天堂，我听了挺得意的，庆幸自己没有生在农村。

二姨该吃的吃了该玩儿的玩儿了，毫不犹豫送给我两块水果糖。我说您不富裕就别给我花钱了。二姨夸奖我不知道这两册书的价值，想起他说二姨很像电影里国民党官太太，再次追问他是哪部电影。

他将两册书重新夹在胳肢窝下，做出撤退的姿态说："我从前见过国民党官太太，当然那是万恶的旧社会。"

"你经历过万恶的旧社会？"我没头没脑问道，"那么你知道田文佐是谁吗？"

"你说田文佐……"他弓身低头打量着我，"我这册《滦城文史资料选编》里有这名字，解放前是滦城保安大队长。"

"什么保安大队长？"我不懂这个生词，抬头望着他苦瓜形的面孔。

刘乙己笑了："你对从前的事情感兴趣，将来报考大学历史系吧，人活着研究历史很有意思呢。"

我望着他走远的背影，心里展开小学生的思考：人活着研究历史很有意思？这么说历史是死的，它供活人研究，还让活人觉得很有意思。

2

我十岁那年，城市粮食供应充裕起来，猪肉不再凭票，敞开供应，只是有个别售货员不愿意卖肥肉给群众，偷偷开后门留给亲戚朋友。我则顺利升入小学三年级。

人们起早买豆腐也不收粮票了。妈妈仍然周末傍晚从南郊农场回家，表情越来越严肃。妈妈这样的漂亮女人表情严肃起来，往往让我想起电影里的女革命者，譬如林道静、吴琼花什么的。可惜妈妈在农场种田，并没有肩负革命重任。

我家居住的胡同里，贴满"全面开展社会主义教育运动！"的大标语，红彤彤激动人心。祖国形势越来越好，刘乙己从店内售货员改为外勤业务员，不用整天戳在柜台里了。于是街道居委会指派他书写大标语，双手沾满人民的墨汁。

"柯延蓉好久没来了。"单身汉刘乙己仍旧关心我二姨，并且知道她名叫柯延蓉。

"你二姨家独生儿子叫柯惠生。"刘乙己好像无事不知无人不晓，"咱们中国人多随父姓，柯延蓉却让儿子随母姓，这就叫与众不同。"

"你怎么知道得这么清楚？我二姨又不是什么社会知名人士。"

刘乙己有些抒情地说："那些著名人物好比座座高山，你只能扬起脑袋伸长脖子瞻仰他们。我喜欢低头寻找时光缝隙里的颗颗尘埃，这才有意思呢。"

"你说我二姨是颗尘埃？"我不高兴了。

刘乙己连连甩手表示："你这孩子不懂赋比兴，看来小学生语文课有待加强。"

我跑回家去问外祖母。她老人家表情凝重地说："你二姨守寡无依无靠，她让儿子随她姓柯就不孤单了。"

"我还没见过惠生表哥呢，可是刘乙己反而对二姨家庭情况比较了解。"

"这女人要是长得好看，自然有男人惦记。"

我不解问道："我妈妈长得也好看啊。"

"你妈妈当然好看，随我呗。不过你妈妈有你爸爸呢，别的男人惦记也是白惦记。你二姨是单身女人，兴许刘乙已起了念想。"外祖母这样下了判断。

星期六傍晚，妈妈从南郊农场回来，一进家门脱掉沾满黄泥的黑胶雨鞋，快速扒下白色线袜，打着赤脚走到里间屋去了。

我吃惊地望着外祖母。她老人家眉头微皱，示意我不要作声。妈妈平时很讲卫生，从农场回家首先洗手换鞋，然后走进卧室打开衣柜更换衣裳。今天竟然光脚踩踏地板，径直坐到里间屋的梳妆台前。

外祖母端了杯热水给妈妈送去。她老人家走出来轻声告诉我："你妈妈忙着写信，兴许是有急事呢。"

我说有急事可以去邮局打电报。外祖母说你就会瞎出主意。这时小院里传来响动，外祖母以为送冬煤的来了，派我先迎出去。

天色渐暗，我家小院里摆满物件：盛着鲜货的蒲包，装着干货的筜箩，打了包的海货，穿着腊肉的木杈，拴了笏子的板鸭，装满了松花蛋的纸箱，还有两只捆了翅膀的活鸡躺在地上盯着我……原本不宽敞的小院几乎没有插脚的地方，这是有人搬家的阵势。

"今天真是累死我啦！"二姨侧身用肩膀撞开小院门

扇，气喘吁吁继续往里面搬东西，"好孩子！胡同里还有两盒洋点心你拎进来吧……"

我跑出小院嗅见西点的香味，还有两瓶红果罐头躺在地上。二姨动作敏捷反身回来说："我在泰隆路雇了辆三轮，把吃的喝的装车拉回来，那车夫不帮我往院子里搬东西，卸车拿钱就走！这混账东西怎么不学雷锋呢？"

外祖母听见响动叉开两只小脚跑出来，惊得张嘴瞪眼说："小黑眼儿你买这么多东西！这是自家印钞票啦？"

二姨满脸淌汗，嘻嘻笑着不说话。外祖母伸手把二姨拽近身边神色紧张地说："你以为还在滦城显富摆阔呢？如今新社会你充什么大尾巴鹰！"

"您先别诈唬好不好？我昨天在家收拾老屋翻腾东西，没想到找出田文佐留下的这幅山水画，寻思能卖十块八块的，一大早赶头趟火车就过来了。"二姨猫腰拎起两只活鸡继续讲述，"我下火车走出天津东站，步辇儿直奔文物公司旁边的艺林阁，您猜猜他们报价多少？"

外祖母不是见钱眼开的人，还是贪心地猜道："十块钱?"

"那胖经理说这是钱维城的山水卷,现金收购二百块钱。"二姨兴奋地扔掉两只活鸡说,"我坚持争到二百二,当场就把画儿给卖啦!"

外祖母受到感染,啪啪拍响大腿说:"一幅画能卖二百二?我的苍天啊!"

这时候我听到妈妈的声音:"二姐,你快把东西收起来吧,这让邻居看见影响不好的。"

我转身看见妈妈穿件大红运动衫,表情严肃跨出家门,手里握着黑色自来水笔。

不知什么原因,身穿大红运动衫的妈妈近在面前,我却感觉声音从别处传来,仿佛她在远方。

二姨重新抓起那两只母鸡说:"嫚儿,你在农场劳动身体吃亏,我买议价母鸡吊汤给你补充营养!"

嫚儿?敢情这是妈妈的乳名。外祖母叫二姨"小黑眼儿",二姨叫妈妈"嫚儿",她们习惯称呼乳名,好像乐于停留在当年时光里,永远不想长大。

妈妈显然并不领情,转身进屋继续写信了。那可能是紧急信件吧。我看过小人书《鸡毛信》。

二姨依然兴致不减，高呼低叫指挥我把东西搬进楼梯间里，然后双手叉腰跟外祖母说："那些腊肉啊干虾啊板鸭啊炼乳罐头什么的，凡是放得住的您先存着，这些放不住的鲜货抓紧吃，可别把好东西放坏了！"

妈妈似乎忍无可忍了，手拿自来水笔来到楼道里说："二姐，你还没学会小声说话？"

二姨继续高嗓响声说："嫚儿，我今晚就给你吊好鸡汤，你喝不完灌到瓶子里带到农场去！"

我听到妈妈叹了口气。二姨哼哼着皮影腔调抬腿跑到后院宰鸡去了。外祖母打量着楼梯间里的东西，低声寻思着说："小黑眼儿买这么多吃的喝的要花五六十块钱吧。"

"我连雇车总共花了五十八块二！另有两箱玫瑰露酒明天雇车取回来。"二姨在后院尖声应答，随之响起母鸡被宰的叫声。

我想起那幅山水画的主人，问外祖母田文佐究竟是什么人。"他是你二姨父，解放前就死啦。"外祖母说得很轻，我听得清清楚楚。

外祖母说罢伸手拧了拧我耳朵说："小子，以后不许再跟我问这儿问那儿!"

我暗暗得意起来,认为自己有了跟刘乙己谈论的资本。我二姨的丈夫田文佐解放前就死了,他应当属于历史人物吧。

晚间爸爸从市政工程局下班回家,进门看见满桌美味佳肴:冠生园的童子鸡、稻香村的浇汁铁雀、冀州曹记的酱驴肉、玉生香的油浸带鱼、四海居的素什锦……满脸惊诧表情。

二姨起身招呼道:"我说铁廉妹夫!听说你跑工地很辛苦,今儿喝几盅直沽高粱酒吧,暖暖身子解解乏。"

爸爸摘下眼镜擦擦镜片说:"这山珍海味的,我以为又在家里彩排话剧呢。"

爸爸说得没错。妈妈参加教育系统业余话剧团演出,以前总在家里彩排角色。自从下放农场种田,再没有舞台演出机会了。

二姨热情催促我爸落座。妈妈换了件蓝色夏卫衣,没有大红运动衫那么耀眼了。她神色平静地对爸爸说:"铁廉,你还是先洗手换衣服吧。"

我看到爸爸笑了,这种笑容如果老师要求课堂写作文，我觉得应该写做苦笑。

爸爸洗手洗脸换了件衣裳，挨着妈妈坐下。一张圆桌我左边坐着外祖母，右边是二姨。她给外祖母酒杯里斟满直沽高粱酒说："您酒量大！记得我出阁喜宴您喝了半斤老白干儿。"

外祖母有些尴尬，伸出筷子给我夹了只浇汁铁雀。我知道铁雀是麻雀做的，属于四害之一吃了没事儿。

二姨伸手给爸爸斟酒："铁廉你不要放不开！"

爸爸抬头望着妈妈。妈妈重复二姨的话说："是啊，铁廉你不要放不开。"

我趁机嚼掉浇汁铁雀，迅速夹了酱牛肉和童子鸡，当然是给自己吃了。想起《吃水不忘挖井人》的课文，我咀嚼着鸡肉说："二姨，谢谢您买了这么多好吃的！"

妈妈向我投来目光："别光顾自己吃，给你姥姥夹菜。"

二姨跟外祖母和爸爸碰了杯："我没想到钱维城这么值钱，怪不得他姓钱呢。"

"二姐，您应该说没想到钱维城的画儿这么值钱。"爸爸一杯酒下肚，好像是放开了。

"我没啥才调，念了高小就在家里学绣花了。不像人家嫚儿念过大学有文化。"二姨兴高采烈说着，轮流给大伙夹菜。

我悄悄观察着，妈妈只吃了几块素什锦。她不是尼姑却不动荤，在农场劳动不应当饭量这样小。

我家晚饭从来没有如此丰富，大家吃起来便不好收场。外祖母喝得满脸红透，兴奋得开始说古："我记得那年惠生过百岁儿，好家伙在滦城饭庄摆十几桌酒席，来了当地军政两界要员……"

二姨突然停住筷子，扭头望着外祖母。妈妈起身说："你们慢慢吃吧，我还有要紧事情要做。"

"嫚儿，你不教书不用备课，哪儿还有要紧事情要做！"外祖母显然喝多了，召唤妈妈的乳名。

妈妈并不吭声，还是起身回了自己房间。我又吃了块童子鸡。二姨好像也喝多了，伸出筷子指着外祖母说："其实惠生享了几年福，可惜三岁之后好日子就完啦！"

"那时候你整天打牌听戏下饭馆，多亏人家小树叶儿带着惠生，那真是个好丫头呢。"外祖母跟二姨碰了杯。我又听到"小树叶儿"这个名字，感觉挺生动的。

爸爸说了声"我去看看延瑛吧"，起身离开饭桌。延瑛是妈妈学名，她叫柯延瑛。

二姨咧了咧嘴，小声对我说："你爸活像个小伙计，你妈就是他大掌柜的。"

我认为"小伙计"和"大掌柜"都是陈旧词语，我们语文课本里根本没有。

晚间爸爸去单位睡办公室了，妈妈和二姨睡里间屋。妈妈睡床上，二姨坚持打地铺说床垫太软。外祖母酒劲未减，说："小黑眼儿！你结婚时睡过钢丝床啊，那是滦城商会会长送给你家老田的。"

二姨没有应答，迅速睡着了。我跟随外祖母睡在外间屋。她老人家关了灯，黑暗里我兴奋得睡不着。

半夜里我被说话声弄醒了。里间屋妈妈跟二姨争论起来。

"你家惠生给我写信寄到南郊农场了，我总要给你儿子做出解释吧。"

"惠生给你写信问这儿问那儿，你别搭理他就是了，用不着这么认真对待。"

"二姐！你以为惠生不知道他自己姓田吗？"

外祖母爬出被窝儿凑到里间屋门外说："小黑眼儿，嫚儿，这么多年过去了，咱家这些事情就不要再提啦！"

我听见妈妈说话："二姐，请你以后不要再到我家来了，好吗？"

"这是我娘家啊！我嫁出去的姑娘回娘家，这连党和政府都不反对吧！"二姨呜呜哭了起来。

外祖母连声叹气："天哪，我这是造了什么孽呀！"

造孽，半夜里我牢牢记住这个词语，不知作文课会不会用得上。

3

我十二岁那年，妈妈参加春季农田水利基本建设，不慎跌进农场干渠里摔成两处骨折，被拖拉机送到医院把右胫骨打石膏，左小臂打夹板，农场领导批准妈妈回家养伤。外祖母说伤筋动骨一百天，急不得。

我沏好橘子汁水送到床前，妈妈满怀遗憾地说：

"我要是再得两枚劳动红星，就会被评为季度优良，关键时刻骨折了。"

"您还是应该当老师，农场不缺您种田。"我忍不住说道。

妈妈注视着天花板说："以前我想重返教学岗位，现在我愿意在农场劳动。"

外祖母轻轻走到床前说："你就是天生争强好胜，心里委屈也不吭声。"

"您还不了解我性格啊，我就是不愿意吭声。"

外祖母心疼地说："你就这样熬自己吧，没人念你好处。"

趁着外祖母去厨房煮汤，我问妈妈怎么爸爸不回家照顾你。妈妈的身体被石膏模板和医用夹板固定着，反而显得目光明亮："你爸爸跑施工现场呢，时间紧任务重没时间回家，我不能拖他后腿的。"

外祖母说过，我爸我妈离多聚少，夫妻感情冷淡疏远，这种苗头不好。我问怎样能让我爸我妈感情恢复，外祖母说不容易，"你妈性格执拗，你爸只能容让呗。"

我不愿爸妈情感破裂，情急之下想到刘乙己。这两年我向他学到不少课外知识，渐渐成了忘年交，私下叫他"师傅"，他也愿意收我做徒弟。

刘乙己家住"过街楼"，这间凌空横跨胡同两侧的房间，往往令人想起董存瑞高呼"为新中国前进"炸掉的桥式碉堡。小时候我确曾担忧这间"过街楼"被人炸掉。刘乙己独居此处号称固若金汤。我说陈长捷认为天津易守难攻固若金汤，半夜里解放军就打进来了。刘乙己听了夸奖我擅于积累近代历史知识，属于"小神童"类型。我当然高兴。

我沿着吱吱作响的楼梯，小心翼翼走进他家，进门叫了声"师傅好"。

他房间特别凌乱，一堆堆旧书好像废品收购站，等待装车转运造纸厂化作纸浆。其实这些书籍都是他的珍藏版，日益充实着他的单身生活。

刘乙己比前两年胖些了，尖腮明显隆起有了肉的厚度。他自称这是吸收古典书籍营养，既长骨头也添肉。我觉得还是跟国家敞开猪肉供应有关，毕竟能吃到肉馅饺子了。

师傅见徒弟来了，起身抬腿跨越两堆旧书，完全不顾裤角掀起的灰尘说："特大号外！我半夜翻书意外发现刺杀吴禄贞的凶手是马蕙田！困扰多年的悬案终于有了结果。"

"吴禄贞要是不被刺杀，他肯定参加滦州兵变，那样袁世凯就难以独大了。"他仰天长叹连呼"悲夫"，好像那个吴禄贞是他祖父的同僚。

我不知吴禄贞是谁，却想起滦城那边有我二姨柯延蓉和她儿子柯惠生。

刘乙己小眼睛倏地放射光芒："我忘了告诉你，这些天我重新研究了《滦城文史资料选编》这几本书。"

我索性直接点破题目说："您热心搜集滦城史志资料，这是关注我二姨吧。"

他听罢放下手里书籍，表情委屈得活像大孩子："你以为我出自私心？我阅读史料是要拂去岁月积尘看清历史真实脸庞，我阅读滦城史志资料自然会涉及柯延蓉和她的家庭了。"

"咱们历史资料记载大事件大人物，不会有寻常百姓的事迹吧？"我不相信滦城文史资料里有"柯延蓉"的名字。

刘乙己翻开蓝色封面的《滦城革命历史回忆录》，检索目录找到《我打响人生第一枪》这篇文章说："这作者名叫王宝田，1946年他参加鳖山伏击战，首次上战场慌里慌张提前开枪，严重暴露了埋伏的火力。没想到歪打正着击中骑着高头大马的国民党保安大队长田文佐。那场战斗结束召开总结大会，王宝田并未受到处分，将功抵过了。"

"原来田文佐是这样被打死的。"我急迫说道。

刘乙己摇摇头："我也认为田文佐死于这场伏击战，但是又读到其他回忆录，看来他又活了一年零五个月……"

我听到"又活了一年零五个月"，便觉得我这位师傅比派出所警察查户籍还要精准，不由得相信他了。

"我听姥姥说过田文佐这名字，你说的这个保安大队长会不会是同名同姓的人？"我不愿意有个国民党反动派的二姨父，于是迫切问道。

"保安大队长田文佐右腿中枪，那肯定伤筋动骨了，所以后来成了瘸子。"刘乙己用唾沫蘸湿食指，快速翻书找到丰润县财政局侯子祥回忆录页面，临时改用普通话读道，"解放后搜集革命斗争史料，根据目击者马三鼓回忆，农历八月有天半夜里他去地主家偷粮食，没料想半路乌云散去满地月光，不便做贼只得转身回村，偏偏碰到国民党宪兵半夜行刑，他吓得趴到草丛里不敢动弹，可巧看见那个男人拄着拐杖走向河堤，几个拿枪的宪兵押着他。随即乌云遮得没了月亮，便看不清这群人的去向。马三鼓说当时没听到犯人喊叫，也没有听见响枪毙人。1969年开展清理阶级队伍运动，县公安局找到马三鼓询问详情，这次他不光承认去地主家偷粮食，还说那个拄着拐杖的男人就是滦城保安大队长。"

我不甘心，认为半夜被枪毙的是个同名同姓的田文佐，他跟我二姨的丈夫没有任何关系。

"后来推断不是枪毙的。那时国民党宪兵队秘密行刑不开枪，田文佐是半夜被活埋的。"

活埋？我听罢迅速思考起来。那个田文佐骑着高头大马进山讨伐被八路军打成瘸子。国民党保安队跟国民党宪兵队是自家人，自家人不会活埋自家人吧？

这样想着我做出合理判断，"那个半夜被活埋的田文佐肯定不是我二姨的丈夫！"

"这事儿要去问你姥姥，她应该知道自家女婿的下落。"

我嗯嗯应答，顺手拿了本《坚守要塞》翻看着。他说这是解放前版本，你要借走看的话不要外传。

我说你是从旧社会过来的人，可是书籍里的知识没有新社会与旧社会的区别吧？比如匪兵杀害刘胡兰的凶器，旧社会叫铡刀，新社会还叫铡刀。刘乙己听罢有些激动，称赞我具备思考能力，是个好苗子，将来报考大学很有前途。我说外祖母要我长大报考技校，当工人凭手艺吃饭最安全。

"你姥姥饱经风霜阅历丰富，她当然首先考虑安全。不过人生在世还是要多读书的。"

我把《坚守要塞》夹在腋下回到家里。外祖母盯着我说："你也在胳肢窝底下夹着书，这是跟刘乙己学的吧？"

我本想向刘乙己请教怎样防止家庭破裂的策略，可是光借本旧书就回来了，这叫人小忘性大。听到里间屋传出急促的喘息声，我拔腿跑到床前看到妈妈疼得脸色惨白。

这就是妈妈的坚韧性格，强忍骨折疼痛绝不呻吟，反而问我手里拿着什么书。我说《坚守要塞》。她仿佛听到特殊词汇，咧嘴笑了笑。我破天荒看到妈妈的笑容，感到很奇特。

妈妈让我读书给她听，说随便翻到哪页都可以。我翻到第49页，第二自然段是女主人公内心独白，我轻声朗读了。

"人们说女子弱不禁风。是的，我承认自己赢弱，既不能翻山也不能涉水，独自来到岸边等候渡船。艄公皮肤黢黑体格健硕，他默默撑篙渡河，默默送我登岸。就这样我从女儿成为妻子，之后从妻子成为母亲。我的孩子啊，你明天就要独闯世界了，你将负重行走遭受多次挫折，记住有两宗东西不可丢弃，一是对自由河流的追求，它会带你通往广博的海洋，二是对正义要塞的坚守，它会让你抵御邪恶的泛滥。你还要懂得悲悯和奉献，不要害怕前边搭建祭台……"

突然妈妈泪流满面，我停止朗读。妈妈闭目说道："应该还有几句话，你没有读完呢。"

我应声继续朗读："我的孩子，今生今世你这样做了，我就承认你是我的儿子，你也会承认我是你母亲。"

"《坚守要塞》真好啊……"妈妈睁眼望着我，泪珠停留在眼角。我觉得妈妈有些陌生，或者我本来就不了解妈妈。

我找来牛皮纸给这本《坚守要塞》包了书皮儿，因为它是能够让妈妈落泪的好书。

星期六傍晚，爸爸回家来了。他走进家门摘下眼镜，掏出手绢擦去镜片上的雾气。这让我看到他浓密的连心眉。外祖母说过男人里这种面相的不多。

爸爸走到里间屋问候妈妈的伤情，从提包里取出补充钙质的药片，说每天两次每次两片。看到爸爸关心妈妈，我放松了心情。外祖母高兴了，下厨做了肉丝打卤面，热水焯好黄豆芽做菜码。

热气腾腾的面条出锅，外祖母用大碗盛面，浇了卤子放了菜码，大声说铁廉你先吃吧。爸爸拿起筷子拌匀面条，端着大碗走到床前侧身坐下，准备给妈妈喂饭。

"还是我自己吃吧……"妈妈被石膏模板和医用夹板管制着，每餐都是外祖母喂饭。这时外祖母快步上前说，"你单手端碗怎么拿筷子？还是让铁廉喂你吧！"

我看到爸爸脸色窘迫，有些不知所措的样子。我凑前说道："妈妈，您就让爸爸喂饭吧。"

"那么你来喂我吧。"妈妈朝我说道。我惊讶地扭脸望着爸爸。

"好吧，那就让儿子喂饭吧。"爸爸把大碗递给我说，"你用筷子夹断面条，小心别烫着妈妈……"

爸爸起身走到外间屋吃饭，随即传来吃面的声音，听着挺响亮的。我抱住大碗用筷子夹断面条，一簇簇送到妈妈嘴里。妈妈慢慢咀嚼着突然问我："你读小学五年级了吧？"

"是啊……"虽然妈妈近在眼前，她的询问猛然让我感觉遥远，大声告诉妈妈我明年小学毕业。

妈妈平静地说："你要好好学习天天向上。"

"团结，紧张，严肃，活泼。"我说出八字校训。

吃过晚饭，爸爸吸着烟询问我学习情况。我说本周测验语文98分数学99分。他听了鼓励我下次测验争取考双百。

外祖母给爸爸端来茶水，仿佛老年服务员。爸爸连忙起身表示谢意："这阵子我驻场没回家，让您伺候延瑛,辛苦了。"

"你工作繁忙不用分心,一家人不说两家话。"外祖母这样客气地说着,反倒像是两家人了。

天晚了,我和外祖母关灯睡下了。半夜时分我猛然惊醒,不敢回忆梦里情景,因为黑暗的梦境里有人被杀害了……

里间屋没有熄灯,时隐时现传出爸爸跟妈妈的谈话。我害怕梦境重现不敢入睡,悄悄爬起溜到里间屋门外偷听。

爸爸语调低沉劝告妈妈:"我知道你跟惠生多次通信,好在还没有彻底捅破这层窗户纸,我希望你保持沉默,不要给他出具证明身世的材料……"

"可是惠生的亲爹是给国民党反动派杀害了,难道历史真相就这样被掩盖了?难道惠生永远蒙在鼓里接受不公平的命运?难道我没有责任撩开尘封的历史……"

妈妈好像骨折疼痛说不下去了。我屏住呼吸继续偷听。

爸爸稍微提高声调:"如果这次你给惠生出具证明材料,等于白纸黑字暴露自己的历史污点!谁能够想到堂堂天津卫女大学生，曾经委身于国民党宪兵司令……"

"铁廉，既然这是历史污点，我索性写材料把它暴露出来，这样有什么不好吗？"妈妈语气平和仿佛面对无关紧要的事情。

爸爸有些生气了："柯延瑛啊柯延瑛，你这样不光自毁名誉，让大家知道你这段不光彩的经历，还让大家知道我有个不纯洁的妻子！你今后让我怎么做人呢？"

我听到妈妈的声音："看来你我对纯洁的理解全然不同，这真是没有办法的事情……"

黑暗里我被一只手揪住耳朵——外祖母将我牵回床边说："小子！有些事情将来你会明白的……"

我抓住机会趁机问道："姥姥！我二姨的丈夫田文佐是不是被国民党宪兵队给抓去活埋啦？"

我看不清黑暗里外祖母的面孔，清楚听到她老人家应声说："当初都怪我是糊涂虫，急着救人尽做傻事。"

天哪！刘乙己所说被国民党宪兵队活埋的田文佐正是我二姨父，也就是柯惠生的亲爹。

4

我十二岁那年，初秋季节妈妈身体基本复元，又要去南郊农场参加劳动了。外祖母特意买了紫藤拐杖让她带上，说走路腿脚发软就挂着。妈妈仔细端详着紫藤拐杖的形状，然后缓缓摇头说："唉！没想到我要挂它走路了。"

妈妈把紫藤拐杖留在家里，依靠自己两条腿去了南郊农场。外祖母迅速把拐杖收进柜子里小声嘟哝说："我怎么忘了呢？这东西勾人心思啊。"

妈妈还是星期六傍晚回家，生活貌似回到原来模样。

爸爸用自行车驮着行李，搬去单位住了。平时我跟外祖母共同生活，感觉挺孤单的。爸爸临走把办公室电话号码留给我，说有事可以联系。过了几天我上街找公用电话拨打这个号码，确实很快有人接听，告诉我铁廉同志派驻工地了，若有事情可以转达。我慌忙挂断电话，交费四分钱。

天气转凉了。星期六我和外祖母吃过午饭，听到外面有人笃笃叩门。我停止洗碗跑去开门，这人跨步进家叫了声"姥姥"，大声说"我是惠生"。外祖母摘下老花镜望着自家外孙，抬手抹了把眼泪说："我的惠生长成大小伙子啦！"

原来这就是二姨的儿子惠生。他其貌不扬却目光炯炯，给人很有力量的感觉。我主动说了句"欢迎惠生表哥"。他走过来笑着说："怪不得我妈在家夸你是冰糖嘴儿，从小就懂礼貌。"

我被他夸得不好意思，便没话找话说："我二姨好几年没来天津啦。"

不等惠生搭言，外祖母抢先跟他说："你妈妈这大半辈子不容易，以后你可要好好孝敬她啊。"

惠生使劲点头表示听从。他蓝色棉衣胸前印着"滦煤"二字，我知道这是大企业工作服的标志，打心眼里羡慕说："惠生表哥是工人阶级啦！"

惠生立即说："是啊，幸亏老姨给我写了证明材料，组织派人查阅冀东根据地档案，找人证明我爹不但不是国民党反动派，还是被国民党反动派杀害的。所以民政局给我安排工作，分配到煤矿当了工人。"

"好啊，进煤矿当工人吃商品粮，你不用在农村挣工分啦！"外祖母高兴得跺脚搓手。

惠生打开人造革手提包，掏出几听铁皮罐头说："我从心里感激老姨，要是她不给我写证明材料，我这辈子就是国民党保安大队长的儿子，哪里会有今天的好光景！"

惠生说着眼睛里闪出泪光："我妈告诉我说，老姨写这份证明材料等于给自己抹了黑，还惹得老姨父不高兴，我是专门跑来给老姨磕头谢恩的！"

惠生如此激动，外祖母反倒满脸尴尬，一时说不出话来。我感到这件事情并不简单。外祖母听惠生说没吃午饭，颠儿颠儿跑进厨房弄吃的。我趁机跑到刘乙己家向师傅报告最新情况。

刘乙己合拢书本闭目倾听，不时微微点头。当我说到政府给惠生安排工作，他突然睁开眼睛。

"我对这桩事情有所判断，一、惠生亲爹田文佐不是国民党反动派，他的真实身份有待继续考证。二、你父亲反对你母亲给惠生出具证明材料，说明这件事情背景复杂……"他说罢起身背手踱步，很像电影里的旧社会老学究。

我忍不住问道："三呢？"

"三嘛……这话说出来有些残忍，不知你能不能承受？"他停止踱步从抽屉里找出两块压缩饼干，塞进嘴里咀嚼着。

"你还没吃午饭哪？"我怕他噎着，端起茶杯递给他。

他说这种压缩饼干是部队内部清仓处理的。我焦急等待他说出"三"，并不关心军用物资的保质期。

"你现在年龄太小哇，还不能理解丈夫无法容忍妻子哪类事情。"

我承认自己年龄还小，对很多事情都不能理解。

"我们中国人有古老传统观念……"刘乙己显然难以表达，顺势转变话题说，"你母亲给惠生出具证明材料，这肯定使你父亲落到难堪被动的境地。"

我说我爸不愿回家，如果我爸跟我妈离婚我家就破裂了。

"你母亲不惜名誉受损也要给惠生的身世做证，这就叫勇气担当！"刘乙己受到我母亲感动，"我认为田文佐的真实身份迟早会被澄清的！我相信历史的自洁能力。"

我没想到他给田文佐如此评价："我二姨吃喝玩乐做了好几年国民党官太太，现今还有不少旧习气呢……"

"你说得没错！柯延蓉缺乏政治思想觉悟，当时只知道自己是国民党官太太，却不清楚丈夫究竟是什么人。"

"您说田文佐究竟是什么人？"我认为师傅思考能力很强，徒弟就要及时请教。

刘乙己有些得意地笑了："读书破万卷，方知古圣贤。我刘福禄大胆判断，田文佐不是国民党反动派，他是共产党的人！否则政府能给惠生安排工作吗？这叫抚恤革命烈士遗孤。"

尽管我不懂抚恤的意思，还是欢喜起来。倘若惠生表哥变成革命烈士遗孤，那是多么光荣的事情。我兴奋地跟刘乙己挥了挥手，噔噔噔跑回家去。

我走进家门，外祖母轻声说惠生睡了。我听到里间屋传出鼾声，这响动让人想起玩具小火车。外祖母情不自禁说："惠生连打呼噜都像田文佐！真是亲爹亲儿啊。"

我快速问道："田文佐打呼噜您怎么知道?"

外祖母被我问得毫无思想准备，脱口说道："那时你二姨被田文佐打呼噜吵得没办法，经常抱着被褥跑到我屋里来睡。不过人家田文佐不经常回家住，你二姨整宿打牌耍钱，有时三缺一还拉我凑数……"

外祖母胆敢讲出这种生活往事，可能跟惠生定为革命烈士后代有关吧。于是我模仿刘乙己的语句问道："姥姥，惠生他亲爹是共产党的人吧?"

"田文佐是半夜里从家里被带走的，那些国民党宪兵倒挺客气，有个大兵还拿了他的紫藤拐杖，让他拄着上了军车。"外祖母侧脸望着窗外回忆，"所以我觉得他没犯大事儿，兴许是得罪了同僚被小人陷害了。"

我趁机又问道："事情后来怎么样呢?"

"我急着要把田文佐保出来。只要他当保安大队长，你二姨就有好日子过。逢年过节有人送礼，不论吃的喝的还是穿的戴的，小黑眼儿是有送就收来者不拒，从来不告诉丈夫谁给家里送了礼。不过她对小树叶儿挺好的，给那丫头做了好几件花布衣衫……"

我把话题拽回来问道:"姥姥,您不是急着要把田文佐保出来吗?"

外祖母充满遗憾地说:"是啊!我跑去找宪兵司令高铁桥求情,谁知道那人是个笑面虎,我送钱也好送人也罢,他光说关押几天就放人,没承想秘密把田文佐弄死了,后来连地点都找不到……"

外祖母似乎后悔多嘴,止住话语去厨房准备晚饭了。这时候里间屋里没了鼾声,我家顿时安静下来。

"我送钱也好送人也罢?"我思索外祖母这句话。当然送钱是金票银圆,那么送人呢?肯定不会糊个纸人儿送去。那时外祖母身边只有乳名"小黑眼儿"和"嫚儿"这两个女儿。一个小媳妇一个大姑娘,她老人家会送哪个呢?

"难道我爸跟我妈分居的原因就是当年……?"我这样寻思着顿时紧张起来,不敢想象外祖母送女儿走进国民党宪兵司令家的情景。

惠生睡醒推门走出里间屋,朝我无声地笑了。我想从他身上寻找田文佐的影子,就定住目光看着表哥。

他从衣兜里掏出白色手绢,手绢里面包裹着褐色小纸包，打开小纸包露出两块水果糖："这是那年你让我妈捎给我的，我一直舍不得吃保存着呢……"

我瞪圆眼睛望着这两块被惠生表哥保存至今的水果糖，实在难以想象他家农村生活的窘迫。

惠生说现在形势好转，家里生活大变样："我妈特别高兴，她说再来天津就自己花钱住旅馆去。"

我想起自从妈妈拒绝二姨再来我家，这两年她确实没有露面。"是啊，二姨卖了那幅山水画有了存款，她可以去北京玩儿嘛。"

惠生告诉我，那次二姨坐火车回家被小偷掏了包，一分钱没剩。"我妈性格稀里糊涂，家里有啥她不知道，家里没啥她也不知道。"

外祖母听到我跟表哥说话，就招呼我到厨房择菜。我跑进厨房看到没菜，只有她老人家板结的面孔。"你不要跟惠生谈论从前的事情，那时他两岁多啥都不知道。哪像你这个小神童，张嘴前五百年，闭嘴后五百年，没有你不知道的掌故！"

外祖母回避着从前的事情。这使我想起自己那句名言：从前的事情就叫历史。看来她老人家回避着历史。

惠生来到厨房说上街转转，外祖母紧急叮嘱道："你带来罐头就是了，上街别再给你老姨买东西啦！"

我送表哥走出小院，告诉他去南市怎么走，那是二姨最喜欢的地方。惠生摇头笑了："我要去兆丰路参观，那里有解放前中共地下党秘密联络点，听说不用花钱买门票……"

我说不知道去兆丰路怎么走。表哥说这种地方你应该知道的，就匆匆走了。

临近傍晚时分，妈妈从南郊农场回来，身体显得沉重。她性格刚强从不示弱，走进家门破天荒叹了口气："我这条腿阴天就不得劲儿，难怪您给我买了拐杖。"

"不听老人言，吃亏在眼前。"外祖母伸手接过女儿的帆布兜子说，"你伤筋动骨不该干重活儿，这是落下病根儿啦。你要还这样玩命表现，等身子骨老了就受罪吧！以后阴天腿疼就拄拐杖吧。"

"我在农场拄拐杖干活儿，人家领导能不批评我吗？您收好那根紫藤拐杖，等我老了拄着它走路。"

我听了这话有些难过，便岔开话题告诉妈妈惠生表哥来了。妈妈走进里间屋换衣服说："惠生离开农村当了工人，这孩子总算熬出头了。"

我听妈妈说话感觉她在从前的地方，这声音穿过高山越过大河，经过好久才传到今天。从前的地方就是历史的地方。我不敢把这种奇怪的感觉告诉妈妈。

外祖母好像心有灵犀："王宝钏住寒窑十八年熬出头，今年惠生十八岁也熬出头了，总算有了正式身份。"

天黑时分，惠生上街回来了。妈妈从里间屋迎出来满脸微笑。这是我首次看到母亲温暖的笑容，如果作文可用"春光灿烂"形容。惠生叫了声"老姨"扑腾跪下就磕头，碰得地板咚咚响。

妈妈被这突发动作吓住了，求救似的望着外祖母说："新社会不兴下跪行礼，这可使不得啊。"

外祖母响声说："嫚儿！你就让惠生磕头吧，这孩子是跟你谢恩呢。"

我上前拉住惠生表哥说："你磕破脑门儿我有红药水……"

妈妈连忙扶起惠生。他放声大哭说："老姨！您给我写了证明材料，不怕暴露自己那段事情，弄得老姨夫跟您离了婚，我这辈子对不起您哪！"

啊！我爸我妈离婚啦？我惊诧地望着妈妈，转而望着外祖母。外祖母对惠生说："你这是从哪儿听来的闲言碎语？别信那些嚼舌头根子的人！"

我也不愿相信父母离婚，急忙对表哥说："我爸工作忙，不回家，他经常跑工地呢。"

惠生特别实诚，极力表明自己没说瞎话："我去兆丰路可巧遇见老姨夫，他还嘱咐我珍惜工人身份，这是老姨牺牲个人名誉换来的……"

妈妈听了再次露出笑容说："我有什么牺牲的，你这是沾了你爹的光。好啦全家吃晚饭吧！"

外祖母拿出惠生带来的罐头说："前年小黑眼儿买的玫瑰露酒我还存着呢！今天咱们喝酒庆贺惠生成了工人阶级！"

外祖母活跃了气氛，惠生抹干眼泪高兴起来，动手打开两盒午餐肉罐头，又打开茄汁鲮鱼和五香鸡胗。

"惠生这孩子真会买东西，这方面特像我二姐呢。"妈妈对外祖母说，"您年轻时酒量就大，今天高兴多喝几盅。"

外祖母猜不出女儿是悲是喜，表情疑惑问道："嫚儿，今天高兴你也喝点酒吧？"

"我当然要喝的，这么多年过去了，我做了应该做的事情，您知道我特别高兴。"

外祖母连连点头说我知道。惠生及时给外祖母和妈妈斟满酒盅，双手抱拳行礼说："今生今世我要像亲儿子那样孝敬老姨！"

妈妈表情严肃起来："惠生不要这么隆重感恩，你这样反而给我造成心理负担。"

惠生连连眨动小眼睛，说了声"先干为敬"，端起酒盅就干了。外祖母小声提示说："你随你爹没酒量，这玫瑰露酒醉人呢！"

"人逢喜事须尽欢，今天让惠生敞开喝吧。"妈妈和声细语告诉惠生，"以后有事情写信不要邮到农场，你就寄到家里来吧。"

外祖母突然放声说："吃菜吃菜！我还有瓶糖水橘子没打开呢。"

她老人家又在干扰别人说话。我爸我妈都离婚了，外祖母还要遮掩什么呢？可能还是从前的那些事情。

这晚惠生喝醉了，果然像外祖母所说，惠生随他爹没有酒量。

我提议我去刘乙己家里借宿，让表哥睡家里。惠生听罢坚决反对，说他打呼噜搅得全家睡不好。外祖母几经犹豫，同意让我送表哥去刘乙己家里借宿。

我没有想到惠生酒后跟刘乙己彻夜长谈，那段扑朔迷离的历史显露出几分底色。

5

我十七岁那年，天气转暖时有小道消息说，应届初中毕业生去河北省农村插队落户，这路程比内蒙古近多了。我打电话向父亲报告，可巧他在办公室，听说了我的情况，父亲主动约了地点和时间，说请我去宏叶食堂吃饭。

我已然长成小伙子了。母亲的情况也有变化。南郊农场取消公休日，开展备战备荒大会战，即便周末也不许回家，妈妈每天还要写思想汇报。我即将离开城市去农村广阔天地炼红心，心里有些想念母亲，张口找师傅借了飞鸽牌自行车，起早赶往南郊农场。

我内心敬重母亲。她给惠生表哥出具身世证明材料，自愿暴露旧社会生活经历，经过两年审查定为"隐瞒历史问题"，落户南郊农场成为在册职工，不会重返校园了。这几年她变得又黑又壮，还学会南郊靠海口音，几乎没了原来模样。我想起初中政治课的马克思主义哲学原理，认为母亲完成"从量变到质变"的飞跃，她本质属于南郊农场了。

一路骑行三个钟头到了南郊农场，边界围墙就是铁丝网。我几经周折找到丙字小队的劳动现场，人们正齐刷刷埋头收割，田野里响彻镰刀割断高粱身躯的声响。我记得母亲工号是49，便跨步钻进田垄，呼叫一遍"柯延瑛"呼叫一遍"49号"，就这样轮番喊叫着，好像我有两个母亲似的。

是啊，我会不会有两个母亲呢？一个长久驻留历史时光里，一个辛勤劳作现实生活中。不知何时能够结束这种分裂，让我拥有真正的母亲。

随着我的大声呼喊，有个被汗水浸透的身影应了声，缓缓冲我转过身来。我透过高粱枝叶看到这是妈妈。她头顶包裹着白毛巾，身穿蓝色长衣长裤，向我挥挥手里的镰刀。

"我昨夜梦见了你，今天你就跑来啦。"妈妈嗓音有些沙哑，摘下白毛巾擦汗，露出完整的面孔。我说："您真的梦见我啦。"她拎着镰刀走到田地外边，让我坐下。

她从田埂旁边的布袋里掏出两个玉米面窝头，递给我说吃吧。我给妈妈带来国光苹果和槽子糕，正好当作午饭。她说槽子糕不耐饥干活儿没力气，坚持让我吃槽子糕，她吃窝头就苹果下饭，咕咚咕咚喝凉水。这属于男性化咀嚼方式。然而确实是我母亲，以前喜欢吃馒头蘸炼乳。

我告诉妈妈有消息插队落户去河北省。这时她手里的苹果已经变成苹果核，而且盯着苹果核说："河北那边也种植多穗高粱，你要学会使用镰刀的。"

这时太阳当空照耀，我与母亲的谈话只有苹果和镰刀。当然苹果被她吃掉了，剩下镰刀成为重要内容。当然我不会吃掉镰刀的。母亲叮嘱我虚心接受贫下中农再教育。我表示努力学会使用镰刀收割庄稼，做合格的社会主义新农民。

母亲突然转变话题，侧脸望着田野说道："刘福禄夸赞你是小神童，这几年你长成大神童了。"

我自幼很少受到母亲表扬，一时吃不准"大神童"评价的含义，于是向母亲介绍刘福禄的情况，说他外号"刘乙己"，单身生活嗜书如命，邻居们不大待见他。

"刘福禄是个人才呢。"母亲被农场的太阳晒得肤色黢黑，黑色表情愈发严肃，"那时我读津沽大学，刘福禄低我两届，他喜欢研究历史，带头创办'问津社'，写文章挖掘被历史湮灭的人物。"

刘乙己竟然是母亲的同校学弟？这令我感到意外，这些年来他从不提及大学经历，好像只读过幼儿园。

既然母亲提到刘乙己，我鼓起勇气说他对冀东人物史志也有研究，包括田文佐和高铁桥。

母亲伸手拖过几根高粱，挥起镰刀砍成几段，快速剥掉高粱秆的苞叶说，"你假装这是绿皮甘蔗，嚼嚼也甜呢。"

不知母亲是何用意，我接过青色高粱秆就像吃甘蔗那样咀嚼起来，果然尝到清新的甜意，有着几丝甘蔗的韵味。

"当然高粱秆不是甘蔗，人们叫它甜棒。这称呼既象形也写意，可是农村小孩儿就认为它是甘蔗，有的小孩儿长大成人还是这样认为，你说怎么办呢？"

我觉得母亲变成高粱地里的哲学家，便努力回答她："但愿他们能够见到真正的甘蔗。"

我嚼光手里的几截甜棒，说我若是农村小孩儿也会相信这是甘蔗。母亲听了露出满意的表情："研究历史是门沉重的学问，你年纪轻轻担得起吗？"

"我现在年轻，终究会变老的。我变老了就担得起了。研究历史的人，可能愈老愈有力量吧。"我不知不觉喝光了母亲瓶子里的水，感觉水里放了盐。

母亲整理着头发，然后戴上宽檐大草帽，要送我到农场大门。我推起自行车请母亲坐在后边，她说走路说话方便。

临近农场大门母亲说道："刘福禄没有看错人，你是个有思想的孩子。我当然看出你的心思，感觉妈妈的经历比较神秘，就拜师刘福禄研究冀东宪兵司令和保安大队长，你认为这些都是难以启齿的事情，所以妈妈不告诉你。其实这些都是过去的事情了，当年女大学生现在农场劳动，我觉得这样就可以了……"

我只好安慰母亲说过去的事情就过去了。母亲略有伤感地说："过去的事情就是历史啊。我是历史事件的当事人，即便名誉受损也不会急于解释。"

我说历史会被时间检验的，然后跨上自行车跟母亲道别，她突然低声说道："我相信田文佐是个好人！就是不知高铁桥落得何等下场……"

当年跟高铁桥发生纠葛的女大学生就是眼前的母亲啊，我本能回避着说了声"妈妈再见"，猛地蹬起自行车跑开了。

一路心中没有风景，铆足力气蹬车。想起母亲心情就愈发沉重。历史就是过去发生的事情，说着好像轻盈的羽毛，当你背负自身履历行走时，便会气喘吁吁了。妈妈从中学教师变成农场女工，坐在田埂啃窝头就苹果下饭，大口喝着加盐的凉水，就是从过去走到今天的。

天黑透了走进家门，外祖母打量着我："你这脸色就跟放了血似的，是先吃饭还是先睡觉啊？"

我说先把自行车给刘福禄叔叔送去。外祖母讽刺说，你师傅出租自行车计时收费啊。

"你妈妈没事儿吧?"外祖母追到院子里问道。我说我妈妈特别结实就跟铁人似的。她老人家略显放心说:"农场干活儿累身不累心，人活着就怕累心。你要是上山下乡也是累身不累心，只要吃饱饭睡好觉就成。"

我推着自行车停到刘乙己楼下，又困又饿双腿发沉，攀援楼梯走进这间"过街楼"，迎面嗅到浓烈的香烟味道，显然他家有客人来访。推门进屋看到父亲在跟刘乙己谈话，俩人中间堆着几摞旧书。房间里烟雾笼罩好像来了神仙，显然他们交谈好久了。

在这里意外遇到父亲，我不知该说什么。他手里夹着香烟说:"前天跟你约好时间地点跟你吃顿饭，没想到提前巧遇了，就算在这儿见面了吧。"

我忍不住打起哈欠，点头应答表示同意父亲的说法。我的师傅没有脱离俩人讨论问题的亢奋状态，凝神皱眉话语不断:"有些时候，请注意我是说有些时候，一个人物细节就可能颠覆事件走向，甚至改写历史。譬如清末军机章京连文冲伪造'归政照会'，这是个历史细节吧? 但是彻底激怒了慈禧太后，当即下诏向十一国宣战，于是完全改变中国历史走向。"

刘乙己说着起身踱步，无奈房间堆满书籍地面狭窄，他要高抬腿慢伸脚寻找地面，这姿势宛若探测雷区。父亲趁机对我说："你长大成人即将上山下乡，这些事情也不必对你隐瞒了。我觉得你母亲那段经历轮廓模糊，总想弄清事情的来龙去脉。"

我累得强打精神说："您跟我妈妈离了婚，何必还要穷追猛打呢？"

父亲温和地笑了："我觉得跟你母亲离婚过于武断，后来经常思考这个问题。譬如她既然委身于冀东宪兵司令高铁桥，怎么没能救出田文佐呢？这等于把自身清白搭进去，还染了洗不净的历史污点，结果姐夫还是被处决了……"

我觉得这话题不适合父子间展开，便起身告退说："你们是长辈继续讨论吧，我交还自行车就该回去了。"

"你可以留下旁听，这样会看到你母亲的真实面目。"

父亲挽留我旁听，我扭脸望着刘乙己，毕竟我是他的徒弟。然而他似乎忘记我的存在，猛然停住雷区探测式踱步说："那晚柯惠生酒后借宿我家，跟我讲述了那份证明材料的原文大意，应该具有研究价值的!"

"好几年过去了您还记得原文大意?"我全天骑行八小时浑身疲累，强打精神问道。

"你问得好! 其实任何事情都是难以复述的，因为任何复述都会改变事情原貌。所以人们喜欢听广播电台的评书。"

父亲有些不耐烦了："依照你的逻辑，历史教科书就成了民间传说? 咱们言归正传吧。"

"你后悔自己轻率离婚，这种心情我能够理解。不过破译历史真相还是要平心静气。我尝试复述原文大意，争取不大走样吧!"刘乙己说罢双目微闭，搜索自家的记忆仓库。

我的师傅记忆力很强，可以背诵《中国近代史》很多重要段落。可是困意袭来眼皮好像涂了胶水，我竭力睁大眼睛听着。

"临近学校放暑假，家里寄来快信说姐夫田文佐出事了。那时我姐过着国民党官太太的生活，在滦城提起柯延蓉可能没人知道，提起保安大队长太太还是颇有名气的。

"我走出滦城火车站，有个洋车夫认出我是保安大队长的小姨子，就说坐车不要钱。我不习惯这种民间称谓，文明用语我是田文佐的妻妹。家里来信说母亲找到算卦先生得到指点，此番若想保住女婿性命只有财色双奉，可是母亲带着金条陪同我姐找到宪兵司令求情，却被对方拒了。于是我决定直奔滦城宪兵司令官邸……"

我侧耳听着，感觉那篇证明材料的原文大意，被复述成为节奏缓慢的叙事散文，人物倒还鲜明。

刘乙已睁开眼睛望着我父亲："我暂停这段复述好吗？我手里另有佐证提供给你们。"他动手从旧书堆里翻出《江西文史资料全编之九》说："这是高铁桥的回忆录，他被定为乙级战犯收监关押，一九五七年写了这篇知法认罪的回忆文章……"

我猛然打个激灵，冲淡几分困乏。刘乙已淘到高铁桥的回忆文章，不啻从浩瀚无边的书海里采到小朵浪花。我师傅真是宇宙级书虫儿。他慢条斯理地告诉父亲，这册《江西文史资料全编之九》是从废品收购站烂纸堆里搜救出来的。父亲听罢尴尬地笑了笑，伸手递去大前门香烟以示敬佩。刘乙已接过香烟回首往事说:"我读津沽大学三年级时学会吸烟,没留神被学监给开除了。"

我想起母亲跟我说刘福禄低她两届是学弟,却没说他被开除学籍的遭遇。看来这也是个履历复杂的人物。

刘乙己翻开泛黄的书页,轻声诵读高铁桥的回忆文章:"一连几天供电线路遭到共产党行动小组破坏,造成冀东部分地区停电,天黑官邸点燃蜡烛照明。大约晚间八点钟有副官报告,田文佐的岳母陪同田妻柯氏闯进客厅,声泪俱下为自家夫婿求情,殊不知田文佐罪难赦免,即便柯氏献金献色亦无转机,执行死刑了。这是我犯下的滔天大罪……"

我的耳朵被拧疼了,睁眼看到外祖母矗立面前,"你不是来还自行车嘛!我以为你出家当了和尚。"

我猛然意识到自己困得睡着了,没有听到高铁桥回忆录的结局。这时父亲起身跟外祖母打招呼,表情局促。外祖母神色坦然说:"铁廉你没吃晚饭去家里吃吧,别看你跟延瑛离了婚,咱们不伤情分呢!"

父亲表情愈发拘谨轻声谢绝。刘乙己好像突然失控了,表情执拗地举起《江西文史资料全编之九》大声说："您急于搭救田文佐不光给高铁桥送了钱物，还送了人吗？"

刘乙己居然大胆追问外祖母那段隐私，我被他吓着了，起身想跑。没想到她老人家展露出前所未见的泼劲儿，拍着胸脯大声说道："没错！我既送了钱物也送了人，可是人家不要啊！小黑眼儿只好跟我回家，我寻思高铁桥不愿要小媳妇，他是想要黄花大姑娘。"

听到外祖母这样说，我脑海嗡地炸开了。小黑眼儿已是少妇，那么家里只有嫚儿是黄花大姑娘，莫非为了解救田文佐，外祖母和二姨果真联合起来把我母亲送去高铁桥家……我难以相信这种骨肉亲情的残酷，起身跑回家去。

我冲进家门扑到床上，头昏脑涨，浑身酸痛，动弹不得。蒙眬间外祖母回家来了，伸手摸了摸我额头。我感受到她手掌的老茧，迷迷糊糊睡了过去。

梦里我飞翔到滦城上空，看见有辆洋车驶到宪兵司令官邸大门前，乘客看样子是个女大学生，身穿阴丹士林蓝大褂，外面套着月白色上衣，全身装束朴素大方，她下车告诉洋车夫不超过半点钟就会出来。洋车夫点头表示等待。她便只身走进那座黑漆大门了。夜色里我低空盘旋着，看到洋车夫弯眉细眼紫糖脸膛，接连不断地抽着烟卷儿……

半夜突然醒来，想起梦里并没看到女大学生走出那座黑漆大门，那辆洋车也不见了。我失望地哭起来。

之后想起苏联小说里那句话："有时历史老人也会流淌新鲜的泪水。"

我不是历史老人，我的泪水来自我不曾经历的时光。

6

我十八岁那年，初夏时节突然传来本市工矿企业招工的消息，说将有大半应届初中毕业生留城，从而避免插队落户的命运。我迅速回家告诉外祖母，她老人家听了毫不兴奋，反而口气冰冷地说："你妈妈身背历史污点，我估摸人家工矿企业不会选你的，还是趁早做好插队落户的准备吧。"

我认清自己的处境，当然不会抱怨自己的母亲，可是我想知道事情的原委。外祖母深谙世故看透我心思，故意提示我说："你师傅刘乙己是刘伯温转世，有啥事儿你去问他吧。"

我诚恳地告诉她老人家，那天没有听完高铁桥回忆录，后来几次询问刘乙己，他都说那册江西文史资料被我爸借走了，好像故意不让我得知详细情况。

"你呀你呀！有事儿求我的时候，你就变成小孩子，没事了你就是大小伙子。你就这样跟我变来变去吧。"

外祖母说得真对。我想探清事情原委就像个小孩子，无形中促使大人放松戒备心理，不经意间就把实话说出来了。我承认自己有了心机，渐渐具备跟外祖母斗智斗勇的本领。于是，我当场使出"激将法"，向外祖母讲了我凌空飞翔的梦境，说紫糖脸膛洋车夫等到天色大亮，也没见女大学生走出宪兵司令官邸。

外祖母抑制不住惊诧说："小子！你真的做了这样的梦？不会是从破烂资料里看到的吧？"

我指着自己鼻尖做出保证，说梦里洋车夫称呼女大学生"柯小姐"，显得特别尊重。

外祖母抬头望窗外小院："那时滦城真有个紫糖脸

膛的洋车夫，不过那种人抽不起烟卷儿的，拉洋车的都抽旱烟袋，他们穷啊。"说罢转回目光望着我，"所以说你那梦是假的！"

我说希望梦境是假的，那样妈妈就不会永久下放南郊农场劳动了。

"你长大成人懂得道理，当初我想尽办法搭救田文佐，就是想保住你二姨的富裕生活！她过好日子我也沾光啊。"外祖母表情严肃起来，"你整天跟刘乙己讨教，他嘴里说的全是旧书里看来的，我嘴里说的都是亲身经历的！"

我望着外祖母的国字脸说："您说这次我不能留城，那就趁我还没上山下乡，多给我讲些您亲身经历的事情。"

她老人家拿过针线筐箩，双腿盘起端坐床头说："我现在回想起那个宪兵司令，还是觉得他不像武将，眉清目秀面孔白净，说话文绉绉倒像个文化人，可是谁能想到这路人最难通融，远不如那些占山为王的土匪好办事儿……"

"这么说从前您见过土匪？"这是我学会的谈话引导

法，对付外祖母应当管用。

外祖母难堪地笑了："田文佐死后约摸半年光景，那天半夜里有人翻墙进院凑近窗户，说要约定时间接你二姨和惠生去北山根据地。我光听说过北山那边出土匪，就让你二姨拍窗户撵那人走。那人说了声你们保重就翻墙走了。紧接着听见外面街上响枪，还把惠生吓醒了。转天清早听说夜里宪兵巡逻打死个共产党交通员，我寻思就是半夜窗外边说话的那人……"

我听了心里难过，想象那个半夜冒险进城的共产党交通员，就这样牺牲了。外祖母也是满脸愧色说："我哪儿懂得什么叫根据地！不过幸亏小黑眼儿没去北山，她浑身好吃懒做的毛病，哪儿过得了根据地的苦日子！"

我当然有不同看法："二姨不去北山等于跟革命根据地断了联系，解放后背着国民党官太太身份，还让惠生从小受到牵连。"

"现在惠生混好啦！你妈妈给他写了证明材料……"

外祖母话音落地，我家房门咚地被撞开了，一只白布大包袱首先进屋，随后是双手紧抱大包袱的人。这只大包袱进屋落地，随即露出二姨的形象。外祖母拍响大腿抱怨说："小黑眼儿你闹鬼呀！"

二姨撩起大襟擦拭下颌汗水，笑嘻嘻环视着房间说："我好几年没来，怎么家里没啥变化呢。"

好像二姨也没啥变化，还是吃咸不管酸的气派，照旧没心没肺的性格，依然心直口快的脾气。我不禁想起落户南郊农场的母亲，直接向二姨报告说："这几年还是有变化的，我妈星期六不能回家来了。"

这则坏消息唤起二姨的轻声叹息，随即要求外祖母沏茶，并且要喝正兴德的香片。她不等热茶端来就打开话匣子，兴致格外高涨。

经过这几年熏陶，我养成倾听别人诉说的习惯，刘乙己说这叫收集现场资料。于是我蹲坐角落静心聆听。外祖母扭脸盯了我一眼，好像审视跑来偷听的邻家孩子。这个瞬间表情令我吃惊。

二姨兴高采烈说惠生当了林西煤矿井下安全员，工作认真负责被评为年度先进生产者。他不再随母姓改名"田惠生"，认祖归宗恢复革命烈士的血脉。

我听了不感到意外。田文佐终归被国民党宪兵杀害，他只是披着国民党保安大队长的外衣而已，真实身份应该是共产党的人。否则不会惨遭国民党宪兵杀害。

"前几天几个大官模样的人来到我家，说是省里领导送来革命烈士证书，那场面吓得我慌了手脚。我嫁给田文佐那段光景就跟做梦似的，脑子里还是那个国民党保安大队长！没想到人死了给家属带来这么大荣誉……"

二姨说着喝口茶水，小声抱怨不是好香片，伸手剔出嘴里的茶梗说："你这个冰糖嘴儿快给我解开大包袱，这一路累死我啦！"

我猫腰解开大包袱，看到里面裹着床旧棉被。外祖母凑近打量片刻，突然双肩颤抖着说："这是田文佐留下的吧？我认识这粗布被面！"

二姨并不悲伤，跨步上前抖开旧棉被露出那块红匾说："这是领导亲自挂在我家门前的，我带来给你们开开眼！"

"这是功德牌啊！"外祖母双手捧起所谓功德牌，往怀里搂了搂，好像抱小孩儿似的。二姨拍手大笑说："封建社会叫功德牌，社会主义叫光荣匾！"

这块光荣匾大红烤漆底色，自左向右镌刻"光荣烈属"四个楷体金字，一下映得我家红彤彤的。外祖母抻出袖口擦拭着光荣匾，转手递给我说："你也沾沾福气！这功德牌荫及子孙呢。"

我接过约摸两尺长四寸宽的红匾，却想起远在农场收割高粱的母亲。人的命运真是大不相同。

二姨划亮火柴点燃香烟说："我跟那几个领导说，当初看不出惠生他爹真实身份，他整天忙碌不回家！你们猜省里大领导怎么跟我说的？他说田文佐同志潜伏敌营多年，给华北根据地和延安输送重要情报，屡建奇功。坚持'上不告父母，下不告妻小'的保密原则，所以没把妻子发展为革命同志。"

喝了口茶吸了口烟，二姨得意地说："我当场告诉那个大领导，要是田文佐把我发展成革命同志，我们两口子肯定同坑被国民党反动派活埋了，今天你们也见不到我啦。"

"小黑眼儿你就是不会说话！让人家省里领导下不来台。"外祖母随时指点着女儿。

二姨果然有所反省："是啊，今后我要提高思想觉悟，克服自己的坏毛病，咱起码对得起这块光荣匾吧。"

　　我想起刘乙己说过，研究历史要懂得现场收集资料，便打破心理障碍问道："我姥姥既送钱物也送人，怎么没能把二姨夫保救出来呢？"

　　"钱没收，人也没收！"二姨毫无戒心地说，"后来我寻思明白了，惠生他爹死了，我就是共匪遗孀！高铁桥是忌讳寡妇晦气，干脆不沾身把我给退回来啦。"

　　我觉得二姨说话爽快，有些容易害羞的地方她也不害羞，显得特别可爱。

　　外祖母反而急了："小黑眼儿你不要张口就说！咱们求见高铁桥的时候，兴许田文佐已经被活埋了，他当然不会收礼的。"

　　外祖母这些话令我产生怀疑，索性大胆问道："姥姥！您不是把我妈妈送去了吗？"

　　"你放屁！嫚儿是我老闺女，我能舍得把她往火坑里推？你小子胡说八道，存心给我抹黑……"外祖母说着一屁股坐在地板上，咧嘴哭了起来，"你跟刘乙己学得蔫坏阴损，整天鼓捣黑材料，非说我把你妈妈送给高铁桥啦！"

　　我从未见过外祖母如此撒泼，完全变成陌生人。我吓得起身想要溜走。

二姨哈哈大笑说："你从小就是冰糖嘴儿，长大成人反倒不会说话啦！你看都快把老太太气疯啦。"

外祖母从地上爬起，继续朝我喊叫："我没送你妈妈去高铁桥家！你让刘乙己给我拿出证据来……"

"这不关人家刘乙己的事啊。"我转身逃出家门，下意识跑向"过街楼"。

我抹着眼泪走进刘乙己家。他手持拖把擦拭地板，抬头见我满脸泪痕便安慰说："你不要哭嘛，他们把书收走了，可是重要内容全部刻印在我脑海里，以后查找资料我能够闭目盲读。"

我稳住心神环顾四周，看到曾经堆满旧书的房间空空如也，仿佛大海退潮沙滩裸露，显出那张破旧单人床和老式写字台，还有擦得干干净净的地板。猛然感觉房间很大，却没了丰厚的内涵。

刘乙己收起拖把点燃香烟说："有人检举我收藏旧书钻研'封资修'的东西。我倒是觉得他们说得没错，我收藏的三百八十七本旧书里，《宋稗类钞》和《清稗类钞》就属于封，《西方哲学史》和《南北战争史话》

就属于资，《托洛茨基传记》和《苏联经济学史纲》就属于修，封资修三毒草全齐啦！所以我不抱怨人家清理指挥部的人，还帮着他们往楼下搬书呢。"

我意识到他收藏的滦城文史资料也被没收了，突然觉得母亲更加遥远，她的那段特殊经历愈发成为难以考证的历史。

刘乙己神色从容地踱步。眼看房间空旷了，他有了踱步思考的场地，却没了给他添草加料的书籍。

他停住脚步迟疑片刻，面有难色地说："今天咱们讨论的话题，肯定关涉你家长辈的隐私，希望你有充分思想准备。我们研究陈年旧事，必须努力超越私心杂念，才能坦然面对残酷的历史真相。"

我诚恳表态说："我姥姥，我二姨，我母亲，她们娘儿仨经历的事情，肯定令我难以想象，但是我会理解她们的苦衷，那毕竟是万恶的旧社会。"

"但是你不要以为这是忆苦思甜呢。"他颇为感慨说道，"就你二姨柯延蓉本人而言，她嫁给田文佐过的是富裕生活，好吃好喝好光景，无忧无虑尽享福。可惜后来丈夫死了，她过起缺衣少食的苦日子，一直到你母亲柯延瑛给她儿子惠生写了证明材料。尽管你母亲的证言属于孤证，政府结合其他当事人的回忆录，也就采信了。"

"还是我母亲出具的证明材料起到至关重要的作用。"

刘乙己表示同意我的观点："不过当年重要角色是你姥姥。她竭尽全力营救田文佐，先后两次往高铁桥官邸送人，还是没能保住柯家女婿的性命。"

我想象当年外祖母急于救人，带着年轻貌美的二姨前往宪兵司令家里求情，没料到高铁桥拒收，只好回家打起我母亲的主意。

"《江西文史资料全编之九》那册旧书被收走了，我大体能够记起高铁桥回忆录的结尾内容：子夜时分田文佐的岳母又跑到宪兵司令官邸，这次她带来个年轻姑娘，说死说活也要见到我……"

尽管早有思想准备，我仍然心跳加速，血液嘭嘭撞击脑海，引发阵阵耳鸣。天哪，让我怎么面对这段历史呢？我不能想象那年轻姑娘留宿高铁桥家的场景，毕竟后来她成为我的母亲。

我渐渐冷静下来："可是我姥姥不承认她送我母亲

去了高铁桥家，而且情绪特别激烈。"

"是啊，有的人不能面对过去的自己，这是研究民间历史常见的现象。比如我就不愿回忆津沽大学的往事……"刘乙己主动提到大学往事，我佯装不知他被开除的经历，内心颇为感慨：人哪人，十年河东十年河西。二姨柯延蓉曾是国民党官太太，现今家里悬挂着光荣烈属红匾，儿子惠生是国家煤矿工人。反观我母亲柯延瑛呢？不由心情惆怅。

我仍不甘心地问道："那次惠生酒后借宿您家，他还谈到我母亲哪些情况？"

"好像没谈到什么……"刘乙己连续眨动小眼睛说，"以后有机会你当面问问惠生好啦。"

"有的人不能面对过去的自己，难道也不能面对过去的别人吗？"我这个徒弟给师傅留下这句发问，说声再见就回家去了。

刘乙己好像有些内疚，他话语啄着我背影说："一旦历史的泥沙沉淀下去，现实的湖泊就清澈了。"

7

我二十四岁那年，全国恢复高考。接近年底我收到录取通知书，不敢声张悄悄收拾行李。春节过后告别插队落户的小村庄，搭乘手扶拖拉机到达县城，可巧遇到大队治保主任问我干啥去，我说去天津读大学。他使劲跺脚说你小子脱产了。我表示从体力劳动转为脑力劳动，这不算脱产。他说脑力劳动就是坐办公室里，喝茶水看报纸打电话说话呗。

我乘坐长途汽车到了天津，下车径直奔向津沽大学报到，成为正儿八经的大学生，以前这所大学里挤满工农兵学员。

当年外祖母预见准确，我没有被招工留城，插队落户去了。务农七年每逢返城探家，明显感觉外祖母冷淡了，好像我不再是她外孙。亲情的疏远令我百思不得其解，内心苦闷无以排遣，就看了很多文科书籍，参加高考都用上了。

我报考津沽大学历史系，第一志愿就录取了。我觉得这是天意与人心的结缘。首先是我考进母亲的母校就读，从教室到饭堂，从图书馆到学生宿舍，可以就近感受母亲的成长历程，真是难得的亲情体验。这些年总感觉跟母亲难以缩短心理距离，如今我成为母亲的校友，当然会被写进厚厚的历届同学录里，我和母亲只相隔十几页纸的距离。这是多好的事情啊。再者就是我选择刘乙己曾被开除的历史系读书，权作替他读完本科学业吧，倘若他有过读硕考博的志向，我也会努力完成这位学长的理想。

恢复高考扩大招生，造成学生宿舍床位紧张，学校号召家住本市的新生选择走读。外祖母反而要求我做"住校生"，明显不愿我住家里。得知我读历史专业，她老人家愈发紧张，好像我会成为严查历史的审判官。

外祖母好像故意要把自己孤立起来。这心结可能来自当年的经历，她先后把两个女儿送到宪兵司令官邸，这实在是难以洗净的人生污渍，人到晚年形成自闭心理。

我给惠生表哥写信，向他报告我被大学录取的喜讯。当然我同时提了几个问题，希望他及时复信回答。

前几年惠生表哥支援三线建设调到攀枝花煤矿工作。记得外祖母大发感慨说，惠生他爹是地下工作，惠生下井挖煤也是地下工作，这真是亲生父子啊。后来惠生表哥被提拔为脱产干部不用下井，她老人家听了没做评论。

临近开学了，我没有报名"走读生"，因此受到班级辅导员批评，说全国人民努力建设"四化"，我却不愿为学校分忧。我有苦难言不便解释。既然尚未找到化解外祖母心结的良方，我只得住校避免她老人家精神紧张。

我没有等到惠生表哥复信，星期天清早乘坐郊线公交车去南郊农场看望母亲。全国形势越来越好，就连农场里也修了柏油路，有了改革开放的迹象。母亲参加劳动态度端正，政治学习表现突出，从丙字小队调到农具仓库做保管员，不再使用49工号。然而母亲明显老态，眼角爬满鱼尾纹，头戴无檐白布帽，露出几束花白头发，使我觉得这不是仓库是临时疗养院。看到母亲身体微微发福，这说明她营养不错，毕竟农场开始饲养荷斯坦奶牛，水塘里白鸭成群戏水。这些都是从前不可能出现的景象。

走进农具仓库我叫了声妈，母亲表情淡然并不问及我读大学的事情，只是问我渴不渴。我想起母亲曾经喝盐水吃窝头收割高粱，她应该拥有祥和安康的生活。

母亲收起农具账簿，主动跟我聊天说小学时我叫小神童，中学时我叫大神童，不知现在应该叫什么。我说现在叫大学生。

"真好啊，你也能读大学了，一定记住这是国家恩惠。"母亲似有几分感慨，"你那桩心事妈妈知道，可是母子之间不便谈论那种话题，你要是女儿就好说了。"

我表示理解妈妈的苦衷，告诉她我给惠生表哥写了信。她摇头说出事那年惠生两岁多，如今澄清身世确认身份成了工人阶级，他对往事不会津津乐道了，毕竟他母亲去过宪兵司令家里，这不是值得反复讲述的故事。

我感到母亲心明如镜，一眼望穿世事。既然她从容面对往事，我便直接问道，"您的意思是说，已经没有值得告诉我的事情了。"

"不是妈妈不告诉你，这些年我写下些许文字，就算是对自己青春岁月的记载吧。有些文字将来我会给你看的。你研究历史能够理解我的情感吧？比如那时我固执地认为田文佐不会死的，可是他已经被活埋了……"

我脑海里倏地掀起小朵浪花，然而这种问题我怎能直接询问母亲呢？于是采取迂回战术说道："二姨年轻貌美嫁给田文佐，他们夫妻间有爱情吗？"

"你还是那个大神童哟！"母亲露出罕见的笑容说，"你还不如直接问我有没有爱情。"

我的小伎俩被母亲识破，不禁红了脸。母亲不再继续这个爱情话题，起身带我去农场食堂吃午饭。一路遇到熟人母亲便说："这是我儿子，考上大学啦，还是津沽大学呢。"

我就大熊猫似的被人们观赏着，临时成为农场珍稀动物。

走进食堂母亲给我买了豆馅馒头，我吃得又甜又香。七年农村插队生活，我见到白面好像吸毒者见到白粉。

"好奇怪啊，你吃饭的样子怎么有些像他呢？"母亲凝神望着我。

我不假思索卖弄辞藻说："世界上没有两片相同的

树叶儿。"

母亲听了随即转身，匆匆赶去跟熟人搭话了。我怔了怔，继续咀嚼豆馅馒头，认为豆馅里糖精放多了。

母亲转回来了。我受到豆馅馒头激励，继续卖弄辞藻说："不过，世界上可能会有两片相似的树叶儿。"

母亲突然大声告诉我，因为豆馅也是粮食做的，所以每个豆馅馒头食堂收三两饭票。我以为母亲饭票短缺，吃了两个便收手了。然而我误解了母亲，她跑去主食窗口排队又买了四个豆馅馒头，让我带回去吃。

母亲送我和豆馅馒头来到农场大门前，叮嘱说天热豆馅容易变馊。我跨上一班郊线公交车，挥手跟她道别。我目光穿过颠簸的车窗看到母亲越变越小。

一路上脑海里全是豆馅馒头引发的思索："因为豆馅也是粮食做的，所以每只豆馅馒头食堂收三两饭票……"母亲为什么特别关注这个话题，我百思不得其解。

天色已晚，我携带豆馅馒头直奔刘乙己家。走进胡同巧遇外祖母出门倒垃圾，她老人家吃惊地望着我："咦！你不是住校吗，怎么跑回家来啦？"

我解释说去刘福禄家借书。外祖母满脸狐疑问刘福禄是谁。看来邻居们习惯称呼外号，反而忘了人家本名。

我担心节外生枝没告诉外祖母去农场看望母亲了。她老人家快速把垃圾倒进脏物箱，撇开小脚匆匆进院了。我找不到化解外祖母心结的良方，心里干着急。

我走进"过街楼"看到屋里再度堆满书籍，好像新书多于旧书了。记得李白说过天生我材必有用，时隔千年在刘乙己身上应验了。祖国"四化"建设各行各业急需人才，光辉电料行职员被抽调到夜校补习班教课，主讲白寿彝的《中国通史》。那些祖国花朵准备高考冲刺，刘乙己自然成了园丁。

我执弟子礼进门躬身问候，看到师傅戴了圆圈老花镜，就是王国维相片里那种式样的。刘乙己主动说还没吃晚饭，我从背包里取出四个豆馅馒头。他满意地笑了。这几年人生境遇好转，他不时展现笑容，我替他感到高兴。

他很快吃掉两个豆馅馒头，第三个被我摁住了："我正要向您请教豆馅馒头的问题，您听过提问再吃好吗？"

他舔了舔嘴唇说你问吧。我便把母亲的异常表现讲出来："您说这普通豆馅馒头怎么就成为我母亲的重要话题呢?"

刘乙己还是将第三个豆馅馒头攥在手里,好像这样便于思考。"当时你肯定跟母亲谈到敏感话题,她只得以豆馅馒头回避,正可谓以此物遮蔽彼物也。"

我听了很受启发,却回忆不起当时跟母亲谈到什么,光记得她突然转身赶去跟熟人搭话了。

一个豆馅馒头徒弟吃,三个归到师傅胃里,这形成晚饭总体格局。刘乙己吃饱饭喝足茶,心旷神怡地对我说:"你二姨只念过高小,写信挺有条理的。"

"你跟我二姨有了通信联系?"我有些意外地问道,"您还在研究滦城地方史志?"

刘乙己嗯了声,给人此处删去八百字的感觉。他吸过香烟伏案整理讲义,说明晚两节辅导课讲到唐了。

似乎大唐盛世鼓舞了我,登时觉得脑海闪光亮堂堂,南郊农场食堂的场景清晰浮现眼前:母亲说我吃饭的样子有些像那个人,我说世界上没有两片相同的树叶,还说世界上可能会有两片相似的树叶……难道这就是母亲敏感的话题?我绞尽脑汁也想不明白。

我不再跟师傅交流,起身告辞。他依然伏案整理讲义说："一旦有了研究滦城文史人物的成果，我会及时通知你的。"

我骑车赶回学校，校园里灯火未熄，颇有生逢盛世的感觉。传达室告示牌里写有我名字，我跑进收发室取到信件，看信封是惠生表哥回信了。我溜进宿舍攀到上铺，打开手电筒阅读这封远方来信，颇有地下工作者的味道。

惠生表哥写信字体很大总共两页纸，说新近担任安全生产科副科长，忙于熟悉新岗位新环境，心情无比振奋。他让我转告外祖母和母亲，他在当地搞好对象是云南姑娘，双方决定国庆节结婚。

这封信里惠生表哥没有回答我的询问，只是抒发情怀写道："往事如烟，过去的事情就让它过去吧。我们青年人应当向前看，前进的道路是曲折的，我们的前途是光明的，让我们携手并肩投身祖国四个现代化建设，在本职工作岗位上做出应有的贡献。"

我此前去信询问的重要问题，惠生表哥并未回答。我熄灭手电筒瞪大眼睛望着宿舍天花板，想起母亲跟我说过，惠生澄清身世确认身份，不会津津乐道那些往事了。

我把惠生表哥来信塞到枕头下，然后轻声轻语说："田文佐烈士请给我托梦吧，我想了解您是什么样的人，只要我知晓您是什么样的人，我就能够理解当年的母亲了……"

睡在我下铺的兄弟醒了问道："上铺你在说梦话吧？千万不要把革命烈士招来，我特别害怕魂灵。"

我诚恳地告诉下铺兄弟："历史系研究的人物早都成了魂灵，你害怕就转生物系吧，他们那里都是细胞。"

我听到下铺兄弟说："你报考历史系的目的，好像就是要把自家事情捯摸清楚，所以特别热爱学习。"

我突然觉得下铺兄弟说得有道理，我是有这种念头。

8

我二十五岁那年，新学期被选为中国近代史课代表。我庆幸自己报考历史专业，随心所欲徜徉历史长河边，既可投宿于前世纪的旅店，也可抵达百年前的现场；既可阅览伪托欺世的典籍，也可访问毁誉参半的名人……等于我变成提前千百年出生的通人，俨然金刚不坏之身。

可爱的外祖母还是疑虑重重，几次问我学历史是不是想弄清从前的事情。我说大学毕业想当中学老师。

我偶尔回家吃顿饭，绝不向外祖母打听任何事情，包括胡同里何时铺了水泥路。我害怕她老人家再度失控，尖声高喊没把嬷儿送到高铁桥家里去。

母亲处境出现好转，南郊农场允许周末回家了。她却不常回家，好像爱上农场了。母亲回家次数偏少，外祖母乘坐郊线公交车去农场看望女儿，还带着各种好吃的。母亲写信告诉我："你姥姥见面就喊我乳名嬷儿，好像要把我固定在小丫头时代，特别不愿让我长大似的。"

我读罢母亲来信自有心得，只是不便向母亲表达我的见解罢了："我姥姥不愿回想您女大学生的模样，您若永远是个小丫头，便没有她老人家后来那个行为了。"

尽管没有讲给母亲，我把这几句话写进自己日记里，然后走出宿舍去教室晚自习。

半路遇到班级辅导员说收发室有我信件。我跑到收发室拿到父亲的来信。想起很久没跟父亲联系，有些内疚。

我凑近学校宣传栏灯光下，认真拜读父亲来信。他的字体温润秀美，令人舒心惬意。父亲喜欢写信。我觉得这是性格内向所致，他宁肯将语言落到纸上，也不愿动嘴来说。动嘴说话需要表情配合，可能父亲不便流露吧。

"你母亲隐瞒婚前经历遮蔽自身污点，这是情感欺骗行为，令我难以接受只得选择离婚。如今已有两篇革命回忆录澄清那段历史，证明你姥姥没有把嫚儿送到宪兵司令家，如今历史真相大白，等于我错怪你母亲了。尽管离婚多年不相往来，我想当面向她道歉，不知你母亲能否给我这个机会，故而请你带个口信……"

天哪！我读到这里惊住了，完全不敢相信这是真的。已有两篇回忆录澄清那段历史？如此说来外祖母也是无辜之人？父亲来信字里行间仿佛掀起风暴，我蒙了。

坐在教学楼台阶前，我思索起来。父亲是工程技术人员，几乎无缘接触有关文史资料，他所说两篇回忆录来自哪里，采自民间或来自官方？是亲历者执笔还是口述者未经整理？我渐渐产生疑问：假如外祖母没有把嫚儿送给宪兵司令，我母亲的历史污点就不存在，她下放农场劳动便是冤假错案。

我判断父亲所说两篇回忆录来自刘乙己书房，此公坚持寻访挖掘滦城地方文史资料，而且跟我二姨建立通信联系，似乎有了新成果。我理清思路刻不容缓，跑回宿舍找室友借了自行车，仿佛跨上战马冲出学校大门，顶着满天繁星直奔刘宅去了。

进了胡同，我忍不住伸出脖子望着自家小院，窗户里没有泻出灯光。人老睡得早，外祖母安歇了。抬头看见"过街楼"灯火通明就跟除夕守岁似的。如今没了查夜的清理人员，师傅有了夜生活。

刘乙己家里挤满学生，我止步门外听他讲解历史考试答题技巧，滔滔不绝。莫非这也属于教学研究成果？我耐心等待学生们散去，已然子夜时分。

"夜访民宅，无事不来。说吧，什么事儿？"他结束讲课满脸疲态，立即抽烟喝茶好比汽车加油。好似漫不经心听了我提出的问题，他打开书柜认真寻找起来。这排书柜是新近添置的，好像他新娶了太太。

他找出两册半新半旧的书籍："你看滦城这地方，即便非常时期滦城坚持编辑文史资料，当然只能以革命回忆录为主，兼有地方大事记。"

我急急问道："这属于信史吗？非常时期编纂文史资料，难以避免倾向性的。"

"这肯定不是民间传闻。你看这篇《我的点滴回忆》，作者叫杨茂林，1947年为'中共冀热边特委'情报员，解放后在省委统战部任职。"

我认真阅读杨茂林回忆录。这是作者口述，经人整理。文通字顺表述严谨，令人产生信赖感。

"抗战胜利后，国共谈判破裂，内战打响。我的公开身份是河头镇聚贤饭庄跑堂伙计，河头镇距离滦城六十华里，水旱码头特别热闹，便于秘密接头。我清楚记得他初次走进饭庄雅间，头戴礼帽身穿便装，稳稳落座让我沏茶，声调沉稳举止庄重，令人感到威严。他要我沏天津卫正兴德高级香片，我就知道这是递送情报的接头暗语。他若不提天津卫正兴德高级香片，那表示没有带来情报，专程来取上级指示的……"

"这位同志爱吃聚贤饭庄的焦熘里脊和糟烩豆腐，这是大厨王胖子的拿手好菜。吃完饭他故意把香烟盒丢在脚下，我打扫雅间便收了香烟盒，那里面写有情报暗语，我连夜转交上线交通员……"

我中断这段阅读抬头请教："难道这人就是田文佐？他不是被八路军打断大腿瘸了嘛？"

"你阅读文史资料不可性急嘛，好饭不嫌晚。"刘乙己点燃香烟随手把空烟盒扔到地上，吓得我缩了缩脖子以为他被革命烈士附体，跑来跟我秘密接头了。

杨茂林继续回忆道："后来好久不见他再来聚贤饭庄，听滦城方面说有个保安大队长被八路军打断大腿，已经成了瘸子。之后上级通知我，以前那位同志负伤不便亲自递送情报，已经安排新人代替，增添新人就是增加风险，上级要求我绝对保障情报安全。

"毕竟是革命同志负了伤，我听说后有些难过，猜测他是否因为暴露身份，撤退途中跟敌人枪战负了伤？虽然跟这位同志只有几次短暂接触，他魁梧的身材、沉稳的表情、威严的举止，都给我留下深刻印象。他身处敌营环境凶险，赤胆忠心为党工作，给根据地传送了多

少重要情报啊。解放后可能成了默默无闻的英雄，我很
怀念他。

"上级通知我递送情报的新人是个年轻貌美的姑
娘，可是从未见她来到聚贤饭庄跟我接头。大约半年后
我奉调至平北根据地，解放战争期间随大军南下了。"

读罢这篇回忆录我感受到，事隔多年杨茂林的深
厚情感没被时光冲淡，他对无名革命同志的怀念发自
肺腑。

我受到革命前辈的感召，格外关切那位不曾露面的
年轻姑娘："她没来聚贤饭庄接头，不会出事了吧？"

"你阅读文史资料怎么无法克服焦躁心理呢？那位
年轻貌美的姑娘在下篇回忆录里等着你呢，你喝口热茶
再读吧，我这是天津卫正兴德的高级香片。"

天津卫正兴德的高级香片？听到刘乙己跟回忆录里
人物品茗趣味如此相同，我想起那句"一饮一啄，莫非
前定"的名言，难道是历史资料读得太多，刘乙己无形
中成为前世人物的同好？如此看来历史就是大型古装
剧，我们台下观众浸淫其间，不知不觉随了剧中人。

"你认定那位来到聚贤饭庄递送情报的男子就是田

文佐?"我重复问道。

刘乙己并不回答,吸着香烟告诉我,下篇回忆录也是当事人口述,经人整理成文。当事人名叫赵路宽,解放前从事党的秘密工作,解放后病休居家,身体状况不详。

我立即认真拜读《怀念无名女英雄》这篇回忆录。

"……田文佐右腿中枪最终导致残疾,腿瘸脚跛不便亲自递送情报,他向上级首长发出'给我买双鞋吧'的暗语,请求找人代替将他手里的情报递送河头镇聚贤饭庄。其实根据地敌情科未雨绸缪,早已在他身边安排隐蔽人员,只是没有启动关系而已。这个隐蔽人员代号'老太太'是个年轻貌美的姑娘。"

我突发奇想忍不住问道:"这位年轻貌美的姑娘不会是来自大城市的女大学生吧?"

"这位姑娘名字不叫柯延瑛。"刘乙己打破我的美好愿望说,"当年你母亲只是个进步青年,从未参加过革命活动。"

赵路宽的文章回忆道:"也不知哪里出了纰漏,田文佐同志白天获取重要情报,半夜里突然被捕。上级首长紧急启动隐蔽人员'老太太'，对她提出两点要求：一是摸清田的被捕原因，如果属于保安大队内部矛盾导致同僚倾轧，我党可以托请社会贤达出面解救。二是倘若田的真实身份暴露，那么解救难度极大，必须想方设法得到他被捕前获取的那份重要情报，安全稳妥传送后方根据地……"

读到此处页码出现残缺，直接从21页蹦到26页，跨进别的文章。不等我抬头询问，刘乙己呵呵笑了。我已熟悉这种笑声，有时像天真的大孩子，有时像饱经沧桑的老者。

"你知道什么叫无巧不成书吗？这第26页的文章也是半截子，但是能够看出口述者是滦城洋车夫，他回忆当晚拉车送保安大队长岳母和女儿去宪兵司令家，天气、时间、道路、地点，经我考证基本属实……"

我猛然想起曾经梦见滦城的洋车夫，于是难以抑制惊奇心理问道："那洋车夫是弯眉细眼紫糖脸膛吧？他还会抽烟呢。"

刘乙己显然认为这问题不必回答，沿着自己思路继续说："这篇回忆录印证了你外祖母首次求见高铁桥的史实，洋车夫拉着保安大队长岳母和太太离开宪兵司令官邸回了家，这说明你姥姥送钱送人遭到拒绝。保安大队长太太当然是指柯延蓉。既然小媳妇对方不收，你外祖母就要改送大姑娘吧？"

我顿觉灾难降临，"那大姑娘不会是我……"实在难以说出"母亲"二字，我毕竟是她儿子。

"你放心勿念，这幕历史剧没有你母亲出演。不过你外祖母确实带着大姑娘去宪兵司令家里，她是你二姨家的丫头小树叶儿。"

小树叶儿？这是个略显生疏的名字，我想起外祖母说过惠生小时候尿湿过这丫头的花布衣衫。

我没问清缘由便激动地拍手："太好啦！这篇回忆录价值连城，它证明我母亲没有去过宪兵司令家，反而溅了满身历史污点！"

刘乙己异常冷静："你外祖母送小树叶儿去高铁桥家，这究竟是你姥姥逼迫的，还是小树叶儿自愿的，我现在只能做出推断而已。"

"马上去问我姥姥就是了！"我依然处于亢奋状态。

刘乙己不乏嘲讽意味地笑了："你以为她老人家就

能说出小树叶儿的下落吗?"

我被他说得清醒了。是啊,小树叶儿去到高铁桥家里,之后她怎么样呢?

"我姑且做出这样的判断,田文佐身边代号'老太太'的隐蔽人员,"刘乙己抬手拍响桌子说,"就是这个小树叶儿!"

我被他说得倍加振奋,语无伦次说道:"所以,所以,所以你推断是小树叶儿主动要求去宪兵司令家里,并非出自我姥姥的逼迫?"

"你姥姥当然不是黄世仁他妈。"刘乙己揉揉眼睛说,"既然上级首长要求拿到田文佐被捕前获取的重要情报,那么小树叶儿只有投身高铁桥这条途径,才有可能谋得接触田文佐的机会。你想她是个黄花大姑娘,这就叫为革命上刀山下火海。"

我还是及时醒悟了,以历史系学生身份请教道:"杨茂林的公开身份是聚贤饭庄跑堂伙计,但是他回忆录里没有指明那个递送情报的男子就是田文佐。另外赵路宽回忆录里所说的隐蔽人员'老太太',我们也无法证明她就是小树叶儿。既然人物没有得到确认,我们能够做出结论吗?"

刘乙己端起茶杯说:"你说得很对! 人物难以确认,考证资料匮乏,而且当年安排田文佐单线联系的顶层首长,解放后可能早逝了。既然独家线索中断,我只好展开'主观感受式研究',汉朝司马迁不是这样吗?《史记》里明显残留太史公的想象痕迹。如今寻找田文佐和小树叶儿这类人物的下落,我只能调动主观感受的力量,从而激发逻辑推理的进程,找到那扇窄门咣地推开它,让今日的阳光照射进去。"

我受到师傅的情绪感染,一时说不出话来。是啊,历史不是无情物,它要求我们以心灵触摸人物本相。

彻夜探讨,天色大亮,大太阳透过"过街楼"的窗户洒进晨光,把徒弟和师傅映照得亮亮堂堂。一夜不曾合眼,我反而没了困意。刘乙己趁机告诫说:"小子!历史就是个连环套,你死啃书本拆解不开的。"

我起身告辞,推着自行车走出胡同上街排队,买了油条和烧饼快步走进家门,送上早点给外祖母。她老人家满脸狐疑望着我,好像遇到过路财神。我告诉她老人家,经过刘乙己研究有了初步成果:"我们模拟了历史现场，还原了事件真相，认为您没送我妈妈去宪兵司令家!"

"真的……?"她老人家惊得瞪眼张嘴，亮出缺位的门牙说，"你们俩真把历史给研究成好事情啦?"

我说历史里不乏好人好事，必须下功夫寻找。外祖母情绪激荡起来:"是啊!我怎么能把亲闺女往火坑里推呢?何况她还念着大学呢!可是你妈妈偏偏承认去了高铁桥家，还给惠生写了证明材料，你说这不是让自己背黑锅吗?还把我给连累上啦，弄得我心里发毛……"

外祖母说话气喘吁吁，我便不敢提及小树叶儿的事情。尽管刘乙己推断小树叶儿就是田文佐身边的隐蔽人员，而且是她鼓动外祖母把自己送到宪兵司令家。我认为还是稳妥为好，不要轻易刺激她老人家。

外祖母顽强地咀嚼着烧饼油条，不禁回忆往事说:"田文佐这男人真不错，特意给你二姨雇了个丫头，小树叶儿干活勤快从不多嘴，田文佐出了事儿，这丫头特别着急，总想去宪兵队送饭，担心田大队长在狱里受委屈。"

看来外祖母至今不知道这丫头的真实身份，于是刘乙己推断小树叶儿主动要求外祖母把她送到宪兵司令官邸，所以外祖母不会产生自责心理，甚至认为小树叶儿想攀高枝嫁豪门。果然她老人家手里举着烧饼说："后来我还梦见过小树叶儿嫁了有钱有势的男人，这辈子过上好生活啦。"

我没有承接这个话题："这烧饼油条您趁热吃吧，以后有好消息我会告诉您老人家的。"

"嗯，你念大学应该知道，历史里有坏人也有好人，好人总比坏人多呢。"外祖母诚恳地说。

9

我二十六岁那年读大三，属于适龄青年，跟中文系女生韦华谈起恋爱。她知道我父母离异，喜欢询问我家情况，说要写作就要保持好奇心，这样你的世界会比别人丰富。她喜欢读《简·爱》和《安娜·卡列尼娜》，还有《包法利夫人》。

我告诉韦华我父亲曾经流露悔意，请我捎话向母亲致歉，可惜母亲没有回应，于是局面难以盘活。韦华听过非常焦急，仿佛是她父母离了婚，为我构思多种方法以求破局。我受到感动主动带她去见我师傅，一是让她接触民间历史学家，二是让她听到我母亲的故事。

刘乙己表现出罕见的热情。我家的故事纷繁复杂，涉及人物不少，事件脉络散乱，情节重叠悬疑……没想到被他说得清清楚楚，讲得明明白白。毕竟是高考辅导班老师，练就超常的概括能力和逻辑本领。

我的女朋友则具备出众的理解能力，她听罢异常兴奋转而问我："既然推断你母亲没有历史污点，应该让她振作精神，大步走进新生活！"

"我们研究历史格外谨慎，一个人物漏洞可能改变事件真相，所以不像你们学中文的，依靠虚构创造新世界。"

韦华心情急迫地问道："刘乙己先生您能举例说明吗？比如什么漏洞改变了什么真相……"

我打断韦华说："你要称呼刘福禄先生，不要叫刘乙己。"

"难怪我觉得跟鲁迅小说重名了……"韦华恍然

大悟。

刘乙己并不介意，完全沉浸于学术状态说："我给你举个现成例子吧。"说着目光转向我问道，"你姥姥没把她闺女嫚儿送给宪兵司令，可是嫚儿偏偏承认去了高铁桥家，解放后还给惠生出具证明材料，以亲历者名义证明这是烈士之子，你说这逻辑能够成立吗?"

"不能够! 这里头肯定有故事。"韦华大义凛然答道，俨然成为我的代言人。她不愧是思想解放时代的女大学生，性格耿直生猛。我想起自己的母亲，这位旧社会的女大学生蒙受冤屈饱经磨难，性格愈发内向了。

刘乙己表情郑重说："我们研究历史讲究实证。国民党宪兵队半夜活埋田文佐，当时河堤下边另有目击者，他是个半夜看青的农民名叫张仁国，解放后参军立过三等功。他回忆跟田文佐同时被活埋的还有个姑娘，她身穿花布衣衫挺直身板走路，毫不怕死的样子。"

韦华瞪大眼睛望着我，明显吃惊不小。我当即请教师傅说："如果这段口述实录属实，可以认为小树叶儿有了下落吧?"

"小树叶儿好像人间蒸发了，我们怎么向革命先烈交代呢？"韦华充满历史责任感，初步显现妇女能顶半边天的气概。

刘乙己目光瞬间放亮："你为什么不报考历史系呢？"之后扭脸望着我，"韦华比你有潜质，她学中文太可惜了。"

韦华表态说："历来文史不分家嘛。我会经常跟您探讨历史谜团的，比如赛金花跟瓦德西究竟什么关系？今后我想把历史迷雾里的人物写到小说里去。"

听到韦华要写小说，刘乙己失望了："我就不留你们吃午饭了，出胡同右转有家南韩炸鸡店，味道很不错的。"

韦华指出现今不叫南韩叫韩国，全称大韩民国。

"你干嘛非要学写小说呢？跟我研究历史多好啊。"刘乙己勉强笑了。

"您在书籍里研究历史，我在小说里构建历史，我跟您共同努力吧。"韦华说罢催促我起身告辞。

我和韦华遵旨走进刘氏概念的"南韩炸鸡店"。韦华吃了两口就嚷嚷味道平淡，"看来研究历史的人缺乏现实生活判断力，比如那些常年研究清宫御膳的学者，会不会天天吃方便面?"

我不宜臧否自己的启蒙师傅,只得表示刘乙己单身男子饭食单调,自然感觉炸鸡就是美食了。

韦华勉强吃掉半份炸鸡说:"既然认为小树叶儿是地下工作者,既然认为小树叶儿自愿去了宪兵司令家里,既然认为小树叶儿舍身也要完成上级交给的任务,你说她会是什么结局呢?"

我回答说:"要么她成功拿到田文佐的情报全身而退,要么她不慎暴露真实身份命丧敌手。"

"二者必居其一?"韦华显然想象着小树叶儿深入虎穴的场景,身临其境表情紧张。

我安慰女朋友说:"小树叶儿和她的舍生取义行为,出自刘乙己的'主观感受式研究'和'人生情理经验'推演,目前有谁能证明身穿花布衣衫从容就义的姑娘就是小树叶儿?目前又有谁能够证明那个跟身穿花布衣衫的姑娘同时活埋的男子就是田文佐?"

"哦,研究历史只能存疑了。"韦华被我说服,主动把她的半份炸鸡让给我吃,"我还是钻研文学吧,写小说联想丰富构思精彩,你们研究历史好枯燥哟。"

看到女朋友铁心归属中文系，我食欲大增吃掉她赠予的半份炸鸡。她看着我的吃相说："有些事情问你母亲就是了，你何必非要钻故纸堆儿呢？"

"妈妈不告诉我。"我有些感伤地重复说，"妈妈不告诉我。"

我的女朋友表示不解："你妈妈不告诉你，这为什么？"

不等我回答韦华便发表主观见解："可能母子间不便谈论内心隐私吧，你若是女儿那就不同了。"

我发现韦华喜欢自问自答，不但问得尖锐，而且答得精道。我交了这种性格的女朋友，今后将节省许多语言。

临近学校放寒假，我意外收到母亲来信。这只大号牛皮纸信封里，装有白色小信封和两页信笺。

这两页信笺是妈妈写给我的信，字体硕大接近贰分硬币。莫非人老了字就大啦？我捧读南郊农场来信，还是感觉她在远处。

母亲写信格式规范。首先祝贺我有了女朋友，说读了韦华同学来信，觉得这姑娘坦诚直爽令人信赖，特别是钢笔字稳重端庄，看着让人放心。母亲做过中学教师，相信字如其人。

"我前天给韦华同学回了信，向她表示感谢。我确实没想到有位姑娘横空出现，给了我回首往事的力量。你长大成人肯定懂得，一个母亲向自己儿子谈论处女时代的际遇，那是难以启齿的。我庆幸有了韦华同学，可以跟这位不曾谋面的姑娘敞开心扉，这仿佛对山外青山讲述，又好似向海里浪花诉说，甩掉多年形成的心理障碍……"

我又惊又喜。韦华竟然给我母亲写了信。我母亲竟然如此信任韦华，终于愿意讲出自己那段经历。

"我的故事讲给你的女朋友，就等于讲给你听了。对我来说这是自我解放，如同脱掉多年爬满虱子的小棉袄，干净清爽地晒太阳去了，感觉天气真好啊。"

母亲叮嘱白色信封等到农历八月初十打开，那天是田文佐的忌日。母亲要求我读罢祭文朝天焚烧，权作对亡灵的祭奠。

我小心翼翼收起白色信封，心情激动起来。我心里遥远地做她儿子，她内心缄默地做我母亲，只因那段深若鸿沟的往事。历史是集体的往事，个人却是历史的负重者。如今，我的母亲不再站在远处，我期待她轻快地朝我走来。

晚自习时间我约会韦华，她小步跑来当头就说："我没有跟你打招呼给你母亲写了信，你不会怪罪我吧？"

我说："怎能怪罪你呢，应该感谢你让我母亲乐意讲出那段尘封往事，这样我就真正有了母亲。"

韦华带我走到学校围墙里老榆树前："柯老师当年就是从这里出发的！她说那是暑假前夕……"

柯老师？终于有人又称呼母亲"柯老师"，而且她是我的女朋友，我忍不住哭了。

"1947年初夏，那个名字叫柯延瑛的女大学生，来到学校大墙下这株被称为'许愿树'的榆树下，踮起脚尖把红绸带系在枝头，默默发出心愿：只要能够营救姐夫，我不惜付出自身代价……就这样她离开学校赶回家乡。火车到达滦城天色已晚，她乘坐洋车去见冀东宪兵司令高铁桥将军。副官呈报有天津女大学生拜访，她走进那座黑漆大门。"

随着韦华轻声讲述，我仿佛跨进历史现场看到那位女大学生，她身穿阴丹士林蓝大褂，外面套件月白色上衣，手提藤条旅行箱走进会客厅，姿态优雅地落座。这就是当年的柯延瑛啊。后来她成为我的母亲和人民教师，再后来她成为南郊农场丙字小队工号49的农工……

冀东宪兵司令高铁桥将军走进会客厅。他圆脸宽肩五短身材，通身浅灰色立领便服，疙瘩襻系得整整齐齐，脚穿尖脸儿黑布便鞋，乍看很像乡村教书先生。

并非教书先生的宪兵司令神情和蔼，语调轻松跟来访者交谈，还询问天津学生运动情况。女大学生有问则答，表示没有读过《方生与未死之间》这本小册子。

"我希望我姐夫能够平安，不论长官提出什么要求。"

高铁桥突然问道："柯小姐，你认为共产党好不好啊？"

"共产党……"女大学生明显遇到难题，下意识摸了摸胸前佩戴的校徽，表情犹豫地答道，"不好。"

高铁桥笑了笑，略显得意地问道："那么你说说共产党怎样不好呢？"

她显然不知道共产党怎样不好，于是满脸窘迫表情。

"您赏光访问寒舍，令慈大人不知晓吧？"

"我下了火车径直就来拜见您了，我的事情我能做主。"

"那么您还没用晚饭吧？我陪柯小姐边吃边谈。"高铁桥语调柔和。女大学生不便谢绝，跟随他走进官邸餐室。

晚饭两菜两汤，分餐制。她象征性吃些米饭喝些羹汤，拿出丝帕擦手表示谢意。

"既然柯小姐无所畏惧，那么今晚留宿寒舍吧。"高铁桥说罢注视着来访者。女大学生异常镇定地答道："无论司令长官要求我做什么，我只希望我姐夫能够平安。"

"你很崇拜你姐夫吗？"高铁桥毫无表情问道。

她毫不犹豫点头应答。宪兵司令随即板起面孔："你姐夫是共产党啊！"

"我只知道他是我姐夫，所以我希望您给他平安。"

高铁桥没有说话，挥手指派副官送女宾去后院房间安歇。

突然间，韦华中断讲述掩面哭泣，猛地将我拉回现实世界的老榆树下。

"柯老师真了不起！她愿意为自己钟爱的男人献身，这绝不是寻常女子能做到的，即便是当代女大学生……"韦华倚靠在我怀里说，"我不敢想象自己能否做到！"

我受到强烈震动："什么！我母亲信里承认她钟爱田文佐?"

"柯老师当然没有这样讲，可是我认为是这样的！毕竟我也是知识女性，请相信我的直觉。"我的女朋友激动不已地说，"那是何等深厚的情感啊，驱使自己献身救人在所不惜。"

我抬头仰望夜色里的老榆树，它枝叶苍茫，沉默不语。

一个女大学生为营救自己的姐夫，毫不犹豫留宿宪兵司令家里。我不知道韦华怎样继续讲述母亲的来信。

韦华擦干眼泪苦笑了："这个故事绝对吊诡！女大学生彻夜未眠，做好牺牲贞操解救姐夫的心理准备。天色大亮仍然没有动静，她意识到对方没有接受这笔交易，自己的营救计划落空，伤心地哭起来。"

我不知事态如何进展，心情特别紧张。我的女朋友居然评点说:"我认为高铁桥是个值得深刻研究的人物,以往文学作品里还没有这种国民党将军形象!"

我有些失控说:"韦华! 你能简明扼要讲述事情结局吗?"

"不能!"韦华露出未来作家的潜质说,"我们写作课老师有句名言——细节是雄辩的。假如我的讲述忽略人物细节,你怎能晓得什么叫天使什么叫魔鬼?"

我只得平心静气听韦华讲述:"大清早副官来到后院客房门外,轻声请柯小姐去用早饭。女大学生拭去泪水整理仪容,推门走出客房跟随副官来到官邸餐室。这顿西式早餐非常丰富,她只喝杯咖啡,极力保持镇定。

"高铁桥谨慎地吃着煎蛋烘肠和面包,不时用餐巾擦拭唇边,武将反而显出文人的教养。

"'柯小姐你是张白纸啊,应该没有涉及校园政治活动。那位昨天夜里来的姑娘就不同啦,我把她交副官全程接待。那姑娘说自己是用人不识字,就想见见男主人给他跪地磕头,感谢多年救济之恩。这样她就露了马脚,果然不出所料她是张红纸啊,而且被共产党染得太红了,竟然敢来宪兵队接收田文佐掌握的情报,真是吃

了豹子胆。这女共党敢于自投罗网，我只能成全她啦。'

"女大学生听罢掏出手帕捂住嘴巴，忍不住失声痛哭。高铁桥起身围绕餐桌说：'昨夜我问那姑娘共产党哪里不好，她说共产党杀地主、抢财产、分田地，搅得天下乱哄哄，分明把共产党说成混世魔王，这戏就演过头了。'"

我听得哭了，韦华也哭了。她说柯老师写信时肯定落泪了，那信笺皱皱巴巴洇了字迹。

"小树叶儿毕竟年轻，临危受命求成心切，太可惜啦。"韦华极其感慨道，"那代热血青年老啦！我们这代大学生会怎么样呢？"

10

我二十六岁那年，农历八月初十晚间骑车出了大学校园，独自来到水溪公园，坐到彩灯旁边石椅上，小心翼翼打开白色信封，阅读母亲写给田文佐的祭文。

这篇祭文不遵文体范式，开篇直接说话：

　　三十五年过去了，你在天堂，我在人间，相距遥远，你仍然活在我心里。那时候，我不懂政治，只觉得你是个好人，不忘叮嘱家里汇款供我读书，还跟我母亲说将来女子同样是社会力量，所以不可中途辍学。我不知道你是共产党，更不知道你已抱定必死信念。但是我知道国民党官僚奉行钱色交易，得知你身陷囹圄，我发誓以自身贞操营救你的生命。我哪里知道恶魔本性啊，假使我像小树叶儿那样献出生命，他们也不会放下屠刀。你就这样尸骨无存地消逝了。我至今不知你埋葬哪里，我猜想那是个青草茂盛的地方，一簇簇野花自由开放。

　　时光流逝好快，快得令人健忘，快得埋没你的英名，如今多少人会记得你的名字？我想不会很多。我只能尽绵薄之力，为惠生出具申诉材料证明他的身世，他是被埋没的烈士的骨血，你可以不知晓，不可以怠慢。

我知道你魂归天堂，也知道恶魔应该下地狱。今天适逢你的忌日，我让我的儿子焚烧这篇迟到的祭文，把我的炽热献给你。你能看到人间这簇跳动的火光吗？我是柯延瑛，我想念你。

这篇祭文深深打动了我。三十五年时光，母亲深怀如此炽热的情感，从来不曾冷却。我蓦然想起前年在农场跟母亲说起"世界上没有两片相同的树叶儿"，她当时出现的反常情绪，如今也有解了。那个舍生忘死勇闯魔窟获取情报的姑娘小树叶儿，她的名字和形象同样常驻母亲心底，默默影响着母亲的日常生活。记得母亲把高粱秆剥成"甜棒"当作"甘蔗"给我吃，那也是颇含深意吧。

水溪公园不断变换颜色的彩灯把四周照耀得有些迷幻。我愈发留恋这篇祭文舍不得焚烧，几经踌躇只得点燃火焰，起身抬头仰望夜空，确实有颗星星朝我眨眼。无论是出于钟爱或是暗恋，它都是母亲心仪的星座。

我骑车返回学校。韦华在学校大门前等我。灯光雕刻出她的剪影，不经意间成为人物艺术。她对我说这种事情就要独自完成，因此没去水溪公园打扰我。我的女朋友满怀感慨说："对一个人的怀念持续三十五年，这是多么坚韧的女人啊。"

"可是我母亲为此付出多么沉重的代价。"

韦华表情郑重地说："你有这样的母亲，我更愿意做你女朋友。"

"你不是要写作吗？我母亲应该是你笔下的人物吧？"

韦华表示为难："人性实在太复杂，例如高铁桥的反常行为便令人费解。他指派贴身副官牵马坠镫送女大学生回家，出自什么动机，达到什么目的，我始终琢磨不透。文学作品塑造人物具有穿透力，我目前还没有觅得金刚钻。"

我说刘乙己的许多见解来自多年生活积累，我们应当向这位民间文化学者请教。

适逢国庆节假期，我买了墨菊牌香烟，韦华拎着国光苹果，前往"过街楼"看望"胡同里的学问家"。我叮嘱韦华不要错呼"刘乙己"，人家不是鲁迅小说人物的转世灵童。韦华说记住了。我俩走进胡同碰到外祖母走出小院，好像是出门晒太阳的。她老人家已然拄了拐杖，尽显老态。

"这紫藤拐杖当初是给你妈妈买的，她伤筋动骨腿脚没劲，可她就是不拄，嫚儿的性格真犟啊……"外祖母抬眼看见韦华和苹果，表情随即显得夸张，"嗨！你俩来看我不要总是花钱买东西嘛！"

说着从韦华手里接过装满苹果的尼龙网兜，"我不用搌也不要扶，我是心疼买拐杖的钱才拄着它出来溜达的。"

韦华笑得捂嘴："您真是鲜明生动啊！连曹雪芹都没写到您这样的人物。"

"闺女！我要是被姓曹的写进大观园里，还能活到今天吃你苹果？"外祖母左手把拐杖夹在腋下，右手提起苹果网兜，小步颠儿颠儿回家去了。

我还是不能告诉外祖母小树叶儿早已惨遭国民党宪兵杀害，太平盛世就让她老人家回家啃苹果吧。

我的女朋友还是笑得不停，说刘福禄同志的苹果被你姥姥劫持了。我安慰韦华说咱们进贡还有墨菊牌香烟。

我没想到外祖母收下苹果走出院门，满脸神秘表情说："你二姨阳历年结婚！她要嫁给什么民革副主委，那人还是省里文史馆员呢……"

韦华拉住我胳膊低声说："你说过刘乙己惦记你二姨多年，他光研究历史不关注现实，现在去滦城求婚也晚啦。"

外祖母絮絮叨叨说："这女人老了依旧漂亮，看来还能嫁得不错。那男的原先是国民党起义将领，这小黑眼儿又成国民党官太太啦？"

韦华笑着纠正说："姥姥！人家现在是民主党派，跟台湾那边没有关系。"

"对，那拨老国民党搬到台湾去啦。"外祖母说出自己的见解，"小黑眼儿熬了这么多年，又过上好日子啦。"

不知出于什么心理，我还是有些为刘乙己感到失落，他多年研究柯延蓉家史，如今被人家掀开新篇章了。

刘乙己的书房斋号"过街楼主"，依然保持单身汉生活习惯，这习惯就是家庭环境脏乱差。他接过我呈送的墨菊牌香烟，频频颔首表示欣慰，转脸对着韦华说："你肯定有问题要我解答，弄明白了写进小说里是吧？"

我怕韦华说话有失分寸，抢先表示我和韦华前来看望师傅："请放心，您不是她要观察的文学人物。"

"那么高铁桥肯定是哇！我检索黄埔军校第三分校学员名单，登记在册的七千多人里没见他名字。"韦华毫不犹豫说出此行目的。

刘乙己打开墨菊牌香烟嗅了嗅，然后背手踱步等待韦华提问。我的女朋友从书包里取出笔记本，站起身来尊称刘福禄先生："我今天专程向您请教，当年高铁桥出于何种心理那样款待柯延瑛，他想达到什么目的？"

此时显然不用我张嘴了，韦华的提问比较到位。

"好，很好，非常好。"刘乙己瞬间显现辅导班讲师状态，"你提了两个问题，一是何种心理，二是什么目的。那么请你简约讲述事情线索吧。"

"高铁桥行伍出身职业军人，外表温文尔雅，那天吃过早餐，他命令马夫牵来他的白色军马，亲自扶持女大学生跨坐马鞍，派遣贴身副官牵马坠镫，一路穿过滦城闹市区，沿途引发人们追随围观。滦城大东照相馆得知消息，当街架好照相机抢拍这组新闻镜头。那贴身副官就这样把女宾送到家，返程复命去了。"

刘乙己闭目静听，连连点头说："你这段讲述很新鲜，这是当事人提供的吧？"

"我是独家，愿意分享给您。"韦华不等对方应答自行分析起来，"高铁桥是国民党官僚，田文佐是共产党地下工作者，这俩人政治信仰不同，自然成为不共戴天的敌人。高铁桥目睹美丽端庄的女大学生匆匆赶来，宁愿牺牲贞操营救共产党地下工作者，这种行为已然超越政治属性，衬托出田文佐的人格魅力，这可能对高铁桥形成强大心理冲击。他贵为冀东宪兵司令，也是个男人啊！柯延瑛宁愿舍己救人，高铁桥内心做何感想呢？他认为已在军界实现自我价值，然而面对这场生死情感的较量，难道他不是最大的失败者吗？"

刘乙己伸长脖子凑近我说："我想夸赞你女朋友历史领悟能力超强，你不会自卑吧？"

我反而认为韦华的文学构思能力超强："她不会把民间传说写进历史教科书的。"

韦华意犹未尽话语不止："据说男人都希望自身价值得到女性世界认可。那么我揣测高铁桥从来不曾拥有爱情，他从来没在女性世界实现价值，尽管以儒将自况……"

"你的历史领悟能力很强，不过你的目光尚未穿透高铁桥的深层心理。他特意指派贴身副官牵马坠镫护送柯延瑛回家，难道这是知书达礼绅士风度吗？"

我随即插言抢答："这貌似温文尔雅的行为，可能是高铁桥的心理变态……"

韦华大声表示赞同："就是高铁桥的心理变态行为，毁了你母亲的人生！"

"孺子可教，后生可畏。你们基本具备独立思考能力，将来都是建设祖国文化事业的人才……"刘乙己狠狠吸了口香烟，瞬间情绪波动起来，"高铁桥派贴身副官牵马坠镫走过闹市区，这成了滦城最大的新闻，一时间到处传说女大学生从天津跑来，夜宿宪兵司令家，主动献身做妾。很快形成社会舆论。社会舆论是把软刀子……"

刘乙己愤怒地喊叫起来："这就是高铁桥的阴谋！你不是要舍身营救你姐夫吗？我用硬刀子杀了田文佐那个共产党，再用软刀子杀了你这个痴情女子。"

我听得浑身发冷："这把软刀子杀人不见血吧？"

"柯延瑛身为洁身自好的女大学生，如果真被他玷污了，那是被污辱与被损害的痛苦，如果没被他玷污却被公众舆论斥为委身于人追求富贵，这种蒙冤受屈百口莫辩的心理，甚至超过被污辱与被损害的痛苦。高铁桥的软刀子长久割噬着柯延瑛的生命时光。"

韦华惊恐地看着我："这么多年过去了，你母亲被这把软刀子杀得沦落农场劳动改造，这真是无形的凶器。"

空气沉重，心情抑郁。刘乙己冷静下来转而安慰我说："我从江西文史馆的朋友那里得知，高铁桥晚年定居赣南，他患白血病去世留有两万字遗书，人之将死，其言亦善。我想他会证明你母亲的清白吧。"

性格外向的韦华依然沉浸在悲剧情节里，并不相信人间存在良心发现："我会继续寻找小树叶儿的下落。"

我们跟刘乙己道别走出"过街楼"，韦华从书包里掏出牛皮纸大信封，闷头闷脑递给我说："这是你母亲写给我的全部信件，我交给你看吧。"

我谢绝了韦华的好意。这些信件记载着母亲的心路历程，希望她好好保管这部女性精神账簿。

我和韦华走到街心公园，望着长街尽头缓缓沉落的夕阳。

"你母亲性格外柔内刚，心里极好强呢。她甘愿献出贞操营救田文佐，可惜没有成功，这是你母亲的终生遗憾吧？小树叶儿义无反顾牺牲自己，这是你母亲的终生记忆吧？只要想起那个身穿花布衣衫的姑娘，她心底会不会泛起自卑自艾的涟漪呢？如果你母亲心境果真如此，就等于她常年蔑视着自己。这种精神苦闷是常人难以想象的。反观你母亲下放农场劳动改造的经历，这会不会属于自我放逐呢？"

我吃惊地望着韦华，仿佛不认识她了。她这番话语宛若电流击穿历史岩层，以文学独有的方式，直抵人物心灵深处。乍听起来亦真亦幻，却使我感觉无限逼近事件的本相。

刘乙己夸赞韦华机敏聪慧是有道理的。她在寻找文学的历史意义，同时寻找历史的文学意义。无论读中文系还是读历史系，对她来说已然不重要了。

夕阳彻底告别城市，天色渐渐昏暗。昏暗光线里我顿生疑窦：小树叶儿与田文佐同时惨遭杀害，皆为宁死不屈的革命英烈，可是母亲八月初十的祭文里没有怀念小树叶儿的只言片语，这到底是什么原因呢？

韦华好像胸有成竹，讲述起来有些小兴奋："每逢农历八月初十夜晚，你母亲便悄悄去往农场野外，把那几套彩纸剪制的花布衣衫点燃焚烧，轻轻呼唤心底那座汉白玉雕像的名字，'小树叶儿你不要舍不得穿，我这边每年做几套衣裳给你送过去，你穿花布衣衫可好看呢，特别是穿那件蓝底红花斜开襟的小袄，好像仙女下凡人间了……'"

我意识到被韦华带进故事现场："你这是真实的场景还是虚构的画面？"

我的女朋友信心满满问道："有时候，真实与虚构殊途同归，这两者有多少区别呢？"

我说可能是这样吧。多年来妈妈不告诉我，如今韦华以文学名义将那段经历展现给我，让我看到母亲真实的内心世界：因为您生命里有过小树叶儿，所以无论今生今世把事情做得多好，您都不会对自己满意的，您永远是那个单纯的女大学生。

这就是母亲背负的光阴。怀念那些不曾被历史记载的人，已然成为母亲生活的头等大事。尽管妈妈不告诉我，我也努力长大了。尽管妈妈不告诉我，我也能理解她终生不泯的情愫。尽管妈妈不告诉我，我将默默分享着她的苦与乐。

事情就是这样。该记住的我都记住了，而且牢记得就像金刚石那样结实。母亲不告诉我，我会告诉母亲的。

后　记

——我为无名者树碑立传

　　我的母亲高中就读于北平贝满女中，那是所名校。当时正值中国黑暗年代。待到新中国曙光照耀大地，有的同学公开身份均为中共地下党员，很快任命重要工作岗位。母亲想起同学传递《方生与未死之间》小册子给她，实为启发革命思想。然而她埋头读书不问政治，并没有被新时代晨曦唤醒，从此彻底改变人生道路。

　　小时候听广播，收音机里报道某代表团出国访问，母亲听到团长名字凝神寻思说，这是我同学啊，这么说她也是地下工作者。

　　外祖母感慨道，你的同学那时不怕死，所以现在做了官。

　　母亲能够记住往昔同学的姓名，我能够记住"地下

工作者"这个词语，而且认为记住便不会忘记。例如
1+1=2，就记得很清楚。

渐渐长大成人，读了些书，懂了点历史，我知道
"地下工作者"是个特定历史时期的特殊群体，他们处
于危险的生存环境，甘心情愿为信仰献身，许多抛头颅
洒热血的仁人志士，令万众景仰。

我相信这些英雄幸存者身后，绝非空白地带，那里
有着数也数不清无名者，他们同样为理想献身却没有留
下名姓，要么为时光淹没，要么被历史尘封。纵观人类
历史几千年，英名永存者寥若晨星，默默无闻者恒河沙
数。于是，我记住这个既难以抽象又难以概括的词语：
无名者。

李白诗云"古来圣贤皆寂寞，惟有饮者留其名"。
倘若没有太白诗歌流传后世，他同样是无名者。光有酒
量不行。

然而事情终会出现反转。多年后我向母亲问起当年
收音机里播出的同学姓名，她老人家记忆力衰退，竟然
有些模糊了。于是那位曾经率团出国的高级干部，似乎
成为母亲人生经历里的无名者。

　　然而事情继续出现反转。多年后我跟老北京人聊天，点头声称知道贝满女中的人，特别少。我跟新北京人说起"贝满"，人人表情茫然，光询问是否属于学区房。于是当年京华名校也成为"无名者"，就跟不曾存在似的。

　　毕竟"有名者"被历史记载甚至收进文艺作品里，"无名者"只有少数埋葬在"无名烈士墓"里，仍然无名。即便如此，我们还是不应忘却那些值得记住的人和事，尽管他们已成过往云烟。

　　就这样，我写了《妈妈不告诉我》，这部小说里的"无名者"是田文佐和小树叶儿，前者被历史歪曲了身份，后者莫名地消失不知所终。我的写作缘起就是为无名者树碑立传吧。

　　小时候读过正面描写革命者形象的文学作品，感人至深。可惜我不具备宏大叙事的本领，《妈妈不告诉我》只能以城市家庭日常生活为背景，以"我二姨"来访开场，以下放农场劳动的"我妈妈"反映时代生活特征，以"我"目光观察人物动态，以刘已己牵引故事情节……从而演绎出被历史帷幕遮蔽的"无名者"。

我试图以小格局的规模,文学地迈过历史门槛,走向时光深处。我采用"侧面造型法"塑造人物,因此没有请田文佐和小树叶儿出场亮相。我通过大量间接描写以展现历史侧翼下的"无名者"生存状态。

我完成了这部向无名英烈致敬的小说,打开电脑重新阅读自己的作品,没想到越读越感到意外。我不禁追问自己:谁是这部小说的主人公?这部小说的主人公是谁?

我当然首推田文佐,毕竟小说通篇求证他的真实身份,他的影响无处不在。然而,我又不得不承认,这部小说的主人公是"我妈妈"。

"我妈妈"正直善良,"我妈妈"严于律己,"我妈妈"有着异乎寻常的内心世界,"我妈妈"有着苦行僧般的精神生活,"我妈妈"只能生活在这部小说里,因为她别无去处……

请看,小说里"我妈妈"不惜自毁名誉亲笔作证,使得田文佐的儿子田惠生最终被认定为革命烈士遗孤,脱离农村走向新生活。"我爸爸"因此跟"我妈妈"离了婚,然而"我妈妈"既不抱怨也不辩解,她认为人生坎坷和挫折皆属常态。俗话说沉默是金。对"我妈妈"而言沉默不是金，沉默是金属。

请看，小说里的小树叶儿只是若隐若现的次要人物，然而她的舍生取义给"我妈妈"造成的震动，终生难忘。那个为理想而献身小树叶儿，无疑成为"我妈妈"的人生标高。她无论在学校教书还是在农场劳动，无论将事情做得多么完美，她今生今世都不会对自己感到满意。有谁能比得过那个为理想而牺牲的姑娘呢？没人比得过。

时代变迁，人生沉浮，世事沧桑。这使"我妈妈"难以完成自我救赎。其实她不想也不肯完成自我救赎，就这样严酷地讨伐着自己。难道这就是"我妈妈"赖以享受的精神生活？多少年了，她将自己变成沉默的金属，以自己之火熔炼自己之心，从而放射出奇异的悲剧光芒。

我必须承认，《妈妈不告诉我》里的主要人物，几乎都溢出我的人生情理经验之外，例如我塑造的连我自己都感到意外的"我妈妈"的形象，以及书痴刘乙己和"我"的大学女朋友韦华，均属熟悉的陌生人。可以说这次写作对我是个挑战。静心凝思这部小说缘起何处，可能跟亲人有关吧。倘若这部小说没有实现所谓写作初衷，我只好向"我妈妈"表示歉意。同时感谢我的亲生母亲，她老人家 2019 年以九十四岁高龄谢世，先慈天堂快乐。

图书在版编目（CIP）数据

妈妈不告诉我 / 肖克凡著. -- 北京：作家出版社，
2021. 12

ISBN 978-7-5212-1619-6

Ⅰ. ①妈… Ⅱ. ①肖… Ⅲ. ①中篇小说 – 中国 –当代
Ⅳ. ①I247.5

中国版本图书馆CIP数据核字（2021）第239354号

妈妈不告诉我

作　　者：肖克凡
责任编辑：兴　安
装帧设计：意匠文化·丁奔亮
出版发行：作家出版社有限公司
社　　址：北京农展馆南里10号　　　邮　　编：100125
电话传真：86-10-65067186（发行中心及邮购部）
　　　　　86-10-65004079（总编室）
E-mail:zuojia@zuojia.net.cn
http://www.zuojiachubanshe.com
印　　刷：北京盛通印刷股份有限公司
成品尺寸：130×185
字　　数：60千
印　　张：4.75
版　　次：2021年12月第1版
印　　次：2021年12月第1次印刷
ISBN　978-7-5212-1619-6
定　　价：45.00元